琼 瑶
作品大合集

新月格格

琼瑶 著

作家出版社

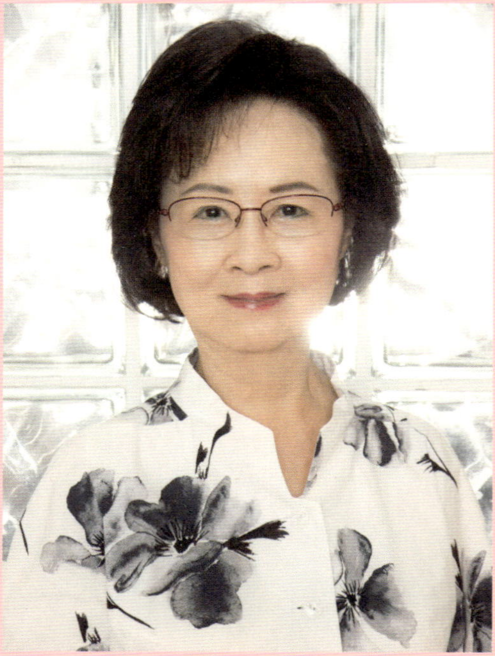

琼瑶,本名陈喆,作家、编剧、作词人、影视制作人。原籍湖南衡阳,1938年生于四川成都,1949年随父母由大陆赴台生活。16岁时以笔名心如发表小说《云影》,25岁时出版首部长篇小说《窗外》。多年来笔耕不辍,代表作包括《烟雨蒙蒙》《几度夕阳红》《彩云飞》《海鸥飞处》《心有千千结》《一帘幽梦》《在水一方》《我是一片云》《庭院深深》等。

多部作品先后改编成为电影及电视剧,琼瑶也因此步入影视产业。《六个梦》系列、《梅花三弄》系列、《还珠格格》系列等,影响至深,成为几代读者与观众共同的记忆。

琼瑶以流畅优美的文笔,编织了众多曲折动人的故事。其作品以对于梦的憧憬和爱的执着,与大众流行文化紧密结合,风靡半个多世纪,成为华文世界中极重要的文学经典。

我为爱而生，我为爱而写
文字里度过多少春夏秋冬
文字里留下多少青春浪漫
人世间鞒然没有天长地久
故事里火花燃烧爱也依舊

寶禄

第一章

清朝，顺治年间。

对新月格格来说，那年的"荆州之役"，像是一把利刃，把她的生命活生生地一剖为二。十七年来，那种尊贵的、娇宠的、快乐的、幸福的岁月……全部都成了过去。她在一日之间，失去了父亲、母亲、姨娘，两位哥哥和她那温暖的家园。什么都没有了，什么都不存在了。迎接着她的，是那份永无休止的悲痛，和茫不可知的未来。

和父母的诀别，永远鲜明如昨日。

那天，荆州城已经乱成一片。老百姓四散奔逃，城中哭声震天，城外炮火隆隆，吴世昌的大军，已攻上城头。浑身浴血的端亲王，匆匆忙忙地奔进王府大厅，把八岁的小克善往新月的怀中一推，十万火急地命令着：

"新月！阿玛和你的哥哥们，都将战至最后一滴血，我家唯一的命脉就只有克善了！现在，我把保护克善的重责大任交给了你！你们姐弟俩马上化装为难民，立刻逃出城去！"

"不！"新月激烈地喊，"我要和阿玛额娘在一起，要活一起活，要死一起死！""你不可以！"福晋扳着新月的肩，坚决地说，"为了王府的一脉香火，你要勇敢地活着，此时此刻，求死容易，求生难呀！""额娘！要走你跟我们一起走！"新月嚷着。

"你明知道不行！"福晋一脸的凄绝悲壮，视死如归，"我誓必追随你阿玛，全节以终！事不宜迟，你们快走吧！"

"莽古泰！云娃！"王爷大声地喊着。

"奴才在！"站在一边的侍卫莽古泰和丫头云娃齐声应着。

"你们负责保护新月格格跟克善，护主出城，护主至死！这是命令！""是！"莽古泰和云娃有力地答着。

"新月！"王爷从腰间抽出一支令箭，一把匕首，啪的一声塞进新月手中，"如果你们路上遇到我们八旗的援兵，只要出示我端王令箭，他们便知道你们是忠臣遗孤，自会竭力保护你们！如果路上遇到敌人，为免受侮，我要你杀了克善，再自刎全节！"新月瞪大了惊恐的双眼，注视着手里的令箭和匕首，在惊慌失措和钻心的痛楚中，已了解到事情再无商量的余地，一切都成定局了。"走吧！"王爷将克善和新月往门外推去，"快走！是我的儿女，就不要拖拖拉拉，哭哭啼啼！"

"不要啊！"新月终于忍不住痛喊出声了，"为什么是我？为什么一定要我保护克善？我不要不要，我要和大家一起死……""月牙儿！"王爷忽然用充满感情的声音喊，"为什么是你？因为你是阿玛最疼惜的女儿呀！如今事态紧急，你的两个哥哥都是武将，而且都已负伤，势必得跟随着我，战至最后关头，可我怎么忍心让四个子女全部牺牲？你和克善，是我最小的一儿一女，我实在舍不得呀！愿老天保佑，给你们一条生路！这样，我就死而无憾了！所以，你必须活着，不只为了保护克善，也为了我对你的宠爱和怜惜！我的月牙儿，你一定不会让我有遗憾的，对不对？"

　　王爷用这样感性的声音一说，新月更是心如刀绞，泪如雨下了。再也不忍心让父亲失望，更不忍心让父母见到自己和克善的泪，她抱着匕首和令箭，拉着克善，就头也不回地奔出门外去了。就这样，她和父母诀别了。

　　那天，她、克善、莽古泰、云娃四个人，穿着破旧的粗布衣裳，混杂在一大堆难民中，从荆州城的边门逃了出去。感觉上，这一路的行行重行行，像是无了无休的漫长。难民们的争先恐后，孩子们的唤爹唤娘，和荆州城里的火光冲天……全都搅和在一起。她耳边总是响着荆州城里的喊杀声，和难民们的呻吟声。眼前，总是交叠着火光、血渍和那汹涌溃散的人潮。莽古泰背着克善，云娃扶着新月，他们走了一整天。新月从来没有这么辛苦过，脚底都磨出了水疱。克善何曾吃过这种苦，又何曾和父母离开过，一路上哭哭啼啼，到晚上，连声音都暗哑了。偏偏这晚，走着走着，忽然天空一暗，雷电交加，大雨倾盆而下。四个人出门时，已是兵荒马乱，谁也不记得带伞。顿时间，被淋得浑身湿透。深夜，他们好不容易挨到一个废墟，在断壁残垣中，找到一片未倾倒的屋檐和墙根，他们瑟缩在墙根下，聊以躲避风雨。等到雨停了，克善就开始发烧了。莽古泰生了一堆火，大家忙着把湿漉漉的衣服烤干。新月紧搂着克善，感到他全身火烫，不禁又是心急又是心痛。再加上克善总是用充满希望的眼神，望着新月，可怜兮兮地说："什么时候我们才能回家呢？我好想额娘的暖被窝啊！"

额娘的暖被窝？此时此刻，阿玛和额娘是生是死，都不知道啊！新月心中一片哀凄，用手捧起克善的脸庞，她紧紧地注视着他，说："振作起来！勇敢一点！别想额娘的暖被窝了！从现在起，你只有我了！你脑子里要想的，就是要为阿玛和额娘好好地活下去！懂了吗？"克善拼命忍着眼眶里的泪，点了点头。

莽古泰今年才刚满二十岁，是个热情、忠心、率直、勇猛的侍卫。云娃只比新月大一岁，虽是丫头，却自幼在王府中长大，涉世经验，绝不比新月多。两人面对这样凄惨的局面，都是心急如焚，但都不知道要怎样办才好。莽古泰烧了一壶水，云娃找出了随身携带的干粮，两人跪在新月和克善面前，一人一句地说："小主子，你多喝点水，才能退烧呀！"

"格格，你一路上什么都没吃，快吃点东西吧！"

"小主子，让云娃给你刮痧好不好？"

"格格……"

新月放开了克善，猛地站起了身子，正色地说：

"莽古泰，云娃，你们听着！咱们现在是普通老百姓了，你们两个，是我的哥哥和嫂嫂，我们是你们的弟弟妹妹，所以，再也不要称呼我们什么格格、小主子的，以免泄露了行藏！尤其重要的，是你们再不要动不动就下跪，万一遇到敌人，岂不是不打自招吗？"

"是是是！"莽古泰心悦诚服，一迭连声地说，"格格说的是！""莽古泰！"云娃急呼，"你真是……"

"我笨！"莽古泰懊恼地接话，"格格才说我就忘……"

新月无奈地看着这两个忠仆，在这一瞬间，已经悲哀地醒悟到了一件事：从今以后，自己和那无忧无虑的年代永远地告别了！和那天真无邪的年代也永远地告别了！她不再是个养尊处优的小格格，她是个身负重任的大姐姐了。

接下来的两天，他们白天都是辛苦赶路，晚上就在草寮破庙中栖身。第四天，克善的情况更坏了。匍匐在莽古泰的肩上，他一直昏昏沉沉的，吃下去的东西都吐了出来，高烧也持续不退。三个大人全失去了主张，一心一意只想找个村落或城镇，以便为克善延医诊治。但是，不知怎的，却越走越荒凉了。从早上走到中午，别说村落城镇看不到，就连其他的难民也变得稀稀落落了。到了下午，烈日当空，天气变得出奇地热。三个大人都挥汗如雨，只有小克善，尽管浑身滚烫，却一滴汗都没有。

然后，他们走进了一个山谷，路的两边都是嵯峨的巨石。远处传来溪流的潺潺声，大家的精神不禁一振。因为水壶里的水早就空了。新月不由自主加快了脚步，走在最前面，想去找那水源。忽然间，前面响起了一声暴喝：

"站住！"接着，路边的草丛里就跳出来六七个手持兵刃

的大汉。把山谷的道路横刀一拦,纷纷大吼着:

"你们是什么人啊?打哪儿来的?"

新月踉跄倒退,骇然变色,还来不及答话,其中一人已迅速地伸出手去,要抓新月,莽古泰见情况危急,想也不想,就一个箭步抢上前去,嘴里大喊着:

"不得无礼!"莽古泰背上背着克善,身手自然无法施展,有个大汉蓦地冲上前来,一把就掀掉了莽古泰的斗笠。大发现似的大叫:

"瞧!是个辫子头!他们是满洲鞑子!杀了他们!杀了他们!"莽古泰被掀掉斗笠,就变了脸,正想发作,云娃已拉住了他,急声接口说:"不不不!咱们装扮成这样,是为了逃避清兵啊!"

"装扮成满洲鞑子,就是满人的走狗,一样该杀!"

"杀!杀!杀!"立即,六七个人都叫了起来,喊声震天。"格格!快逃!"莽古泰大吼着。

"是个格格!"其中一人惊喊,"咱们捉活的!可以领赏!一个都别让他们跑掉!动手啊……"

莽古泰见事已至此,整个人就豁出去了。他把克善往新月怀里一推,嘴中发出一声巨吼,身子就腾空跃起,双脚踢向最前面的一个大汉,同时,一反手甩开背上的布包,包里的大刀就映着太阳光,亮晃晃地从空中落下。莽古泰接住大刀,转身就杀将过去。他这一下已势同拼命,拿着刀东砍西砍,事起仓促,一时之间,几个大汉竟反应不过来,居然被他杀得节节反退。就在这刻不容缓的时刻,新月已抱着克善,和云娃向路边的草丛里狂奔而去。奈何新月力小气微，山坡上又崎岖不平，她没跑两步，就脚下一绊，带着克善一起摔倒在地。克善被摔得七荤八素，睁开惊恐的大眼，愣愣地望着新月。云娃扑跪下来，紧张地抱着克善，喊着：

"我来抱克善，格格快跑！莽古泰挡不了多久的……"

新月回头一看，只见莽古泰那件粗布衣裳，已经好几处沾了血渍。他虽奋不顾身，却显然寡不敌众，就在新月这一回头间，又看到莽古泰手臂上挨了一刀。新月心中一惨："真没料到，阿玛把克善托付给我，我竟然只支持了这样寥寥数日！"她站起身子，抬头见前面有块巨石，当下心念已决。

"不逃了！与其被俘受侮，不如全节以终！云娃，你和莽古泰帮我们挡着，让我们能死在自己手里！"

新月说着，就爬上那块巨石。云娃听到新月这样说，心惊肉跳，再看莽古泰，战得十分惨烈，显然不敌。她知道已经走投无路了，就一言不发地把克善往石头上推去。新月伸手拉上了克善，姐弟俩互视了一眼，千言万语，都在这一眼之中了。莽古泰仍在浴血苦战，但已节节败退下来。事不宜迟了。新月拔出怀中匕首，高高举起，噙着满眶的泪，颤抖着说："克善！姐姐对不起你了！"

克善年纪虽小，已经知道是怎么回事了。尽管非常害怕，却还是勇敢地说："我知道，我们要一起死，我不怕，你……动手吧！"

新月双手握着匕首的柄，望着克善，这一刀怎么也刺不下去。克善把眼睛紧紧地闭了起来，发着抖等死。

新月痛苦地仰起了脸，泪，不禁滚滚而下。她把心一横，咬紧牙关，正预备刺下去的时候，却忽然看到远处有旗帜飞扬，白底红边。她心中猛地一跳，只怕是看错了，再定睛一看，可不是吗？白底红边的大旗，是八旗之一的镶白旗呀！随着那面大旗，有几十匹马正飞驰而来，马蹄扬起了滚滚烟尘。

新月这一下，真是喜出望外，她这一生，从没有这么激动过。丢下了手里的匕首，她从怀里取出了令箭，跳起身子，开始没命地挥舞着令箭。嘴里疯狂般地喊叫着：

"救命！救命啊！我是端亲王的女儿，新月格格！端亲王令箭在此，快来救命啊！快来啊……"她回过头来，对那仍和莽古泰缠斗不休的大汉们嚷着："你们还不快走！我们八旗的援兵已到！镶白旗！是镶白旗啊……"

那些大汉，本就是一些草莽流寇，乌合之众。此时，被她叫得心神不宁，纷纷停下手来，对新月喊叫的方向看去。奈何地势甚低，看也看不见，其中一个，就爬上了大石头，往前一看。立即，他大叫了起来：

"不好！镶白旗！旗子上有个'海'字！是'马鹞子'！是'马鹞子'！兄弟们！逃呀！"

此语一出，六七个大汉，竟然像是见到了鬼似的，转头就跑，一哄而散。新月太高兴了，又跳又叫，居然没有防备那爬上石头的人。那人见新月秀色可餐，竟一把抓起了新月，扛在肩头，飞跃下地，拔脚就跑。嘴里嚷着：

"抓你一个格格，就算讨不着赏，也可以当个压寨夫人！"

克善、云娃都放声大叫，叫姐姐的叫姐姐，叫格格的叫格格。莽古泰反身要救，才一举步，就因腿伤摔倒于地。新月凄厉地狂喊："放开我！放开我！放开我呀……"

努达海，官拜威武将军，绰号叫"马鹬子"，一个让敌人闻风丧胆的人物。在战场上所向无敌，身经百战，却从来没有打过败仗。他，是个近乎传奇的人物，是个从不知道什么叫"害怕"，什么叫"恐惧"，什么叫"痛苦"，什么叫"挣扎"的人。他以他那大无畏的精神，毫无所惧地面对他所有的战争，一向顶天立地，视死如归。这样的人，一般人对他都只有一种称呼："英雄"。

这个英雄人物，努达海，这天命定要遇到新月。和新月一样，他将和他以前的岁月告别了。只是，他自己还丝毫都不知道。当努达海听到云娃和莽古泰凄厉的呼号：

"新月格格！新月格格！新月格格……快救新月格格呀……"他再看到那扛着新月狂奔的大汉时，他就直觉地知道是怎么回事了。他一挥马鞭，策马疾追上去，嘴里大声喊着：

"大胆狂徒！放下人来！饶你不死！否则，我就要你好看！"

一边说着，他已从腰间拔出匕首，紧追在那大汉身后。

前面突然横上一条溪流，那大汉沿着溪水拼命奔逃，努达海也沿着溪流猛追。马蹄溅着溪水，一阵"哗啦啦"的巨响。努达海见警告无效，匕首就脱手而出，正中那人的腿肚。那人狂叫一声，惊骇之余，竟把新月抛落下来。新月眼看就要落水，努达海及时从马背上弯下身子，一把就捞起了她。

新月只觉得身子一轻,自己不知怎的已腾空而起。她睁大眼睛,只见到努达海一身白色的甲胄,在阳光下闪闪发光。那高大的身形,勇猛的气势,好像天上的神将下凡尘。

第二章

端亲王的全家,除了新月与克善以外,在这次的"荆州之役"中全部殉难了。努达海的救援迟了一步,虽然克服了荆州,却无法挽救端亲王一家。

新月除了克善,什么都没有了。

接下来的三个月,新月跟着努达海,开始了一份全新的生活。努达海奉命护送端亲王的灵柩和遗孤进京。于是,晓行夜宿,餐风饮露,每天在滚滚黄沙和萧萧马鸣中度过。伴着新月的,是无边的悲痛和无尽的风霜。所幸的是,努达海的队伍中,有最好的军医随行,在努达海的叮咛呵护中,克善很快就恢复了健康,莽古泰的伤势,也在不断地治疗后,一天天地好转。这三个月中,和新月最接近的,除了云娃、莽古泰和克善以外,就是努达海了。新月的眼前,始终浮现着努达海救她的那一幕,那飞扑过去的身形,那托住她的,有力的胳臂,还有那对闪闪发光的眼睛,和闪闪发光的盔甲……他不是个人，他是一个神！他浑身上下，都会发光！新月对努达海的感觉是十分强烈的：他出现在她最危急、最脆弱、最无助、最恐慌的时候，给了她一份强大的支持力量。接下来，他又伴她度过了生命中最最低潮的时期。因而，她对他的崇拜、敬畏、依赖和信任，都已到达了顶点。

新月一直很努力地去压抑自己的悲哀。尽管每夜每夜，思及父母，就心如刀割，几乎夜夜不能成眠。表面上，她却表现得非常坚强。毕竟，有个比她更脆弱的克善需要她来安慰。可是，有一晚，她辗转反侧，实在睡不着。忍不住掀开帐篷，悄悄地走到火边去取暖。坐在营火的前面，她仰头看天，却偏偏看到天上有一弯新月。她看着看着，骤然间悲从中来，一发而不可止。她用手捧着下巴，呆呆地看着天空，泪水滴滴答答地滚落。努达海不知何时已经来到了她的身边。取下了自己肩头的披风，他把披风披上了她的肩。她蓦然一惊，看到努达海，就连忙抬手拭泪。努达海在她身边坐了下来，用一种非常非常温柔的眼光看着她，再用一种非常非常温柔的语气说：

"想哭就哭吧！你一路上都憋着，会憋出病来的！哭吧！痛痛快快地哭一场，然后，打起精神来，为你的弟弟，为端亲王的血脉和遗志，好好地振作起来。未来的路还长着呢！"

新月抬起泪雾迷蒙的眸子，看着努达海，心里的痛，更是排山倒海般涌上来。她咬住嘴唇，拼命忍住了抽噎，一句话都没说。"我有个女儿，和你的年纪差不多，名字叫作珞琳。她每次受了委屈，都会钻进我怀里哭。你实在不必在我面前隐藏你的眼泪！"他的语气更加温柔了，眼光清亮如水，"或者，你想谈一谈吗？随便说一点什么！我很乐意听！"

"我……我……"新月终于开了口，"我看到了月亮，实在……实在太伤心了……"她呜咽着说不下去。

"月亮怎么了？"他问。

"我就是出生在这样一个有上弦月的夜里，所以我的名字叫新月。我还有一个小名，叫月牙儿。家里，只有阿玛和额娘会叫我月牙儿，可是，从今以后，再也没有人会叫我月牙儿了！"她越说越心碎，"再也没有了！"

努达海心中一热，这样一个瘦瘦弱弱的女孩，怎么承受得住如此沉甸甸的悲痛！他情不自禁地对她把手臂一张，她也就情不自禁地投进了他的怀里。他再一个情不自禁，竟一迭连声地低唤出来："月牙儿！月牙儿！月牙儿……"

听到他这样的柔声低唤，新月仆倒在他臂弯中，痛哭失声了。这一哭，虽哭不尽心底悲伤，却终于止住了那彻骨的痛。从这次以后，她和努达海之间，就生出一种难以描绘的默契来。往往在彼此一个眼神、一个动作中，就领悟了对方的某种情愁。努达海用一份从来没有过的细密的心思，来照顾着她，体恤着她。知道她从小爱骑马，他把自己的马碌儿让给她骑。知道她喜欢听笛子，他命令军队里最好的吹笛人来吹给她听。知道她心疼克善，他派了专门的伙夫做克善爱吃的饭菜。知道她心底永远有深深的痛，他就陪着她坐在营火边，常常一坐就是好几盏茶的时间，他会说些自己家里的事情给她听。关于权威的老夫人，调皮的珞琳，率直的骥远，还有他那贤惠的妻子雁姬……她听着听着，就会听得出神了。然后，她会把自己的童年往事，也说给他听，他也会不厌其烦地、仔细地倾听。因而，当他们快到北京的时候，他们彼此都非常非常熟悉了。她对他的家庭也了若指掌，家中的每一个人，好像都是她自己的亲人一般。她再也没有想到，在她以后的岁月中，这些人物，都成了她生命的一部分。事情经过是这样的：他们回到了北京，王公大臣都奉旨在郊外迎接，端亲王的葬礼备极哀荣。葬礼之后，皇上和皇太后立刻召见了新月、克善和努达海。新月被封为和硕格格，努达海晋升为内大臣。克善年幼，皇上决定待他长成后再加封号。皇太后见姐弟二人相依为命的样子，十分动容，沉吟着说："怎样能找一个亲王贵族之家，把你们送过去，过一过家庭生活才好！如果留你们在宫里，只怕规矩太多，会让你们受罪呢！"太后的话才说完，努达海已自告奋勇，一跪落地：

"臣斗胆，臣若蒙皇上皇太后不弃，倒十分愿意迎接格格和小世子回府！"新月心中，猛地一跳，可能吗？可能吗？如果能住进努达海家，如果能常常见到努达海，自己就不至于举目无亲了！在现在这种状况下，这种安排，简直是一种恩赐！她还来不及做任何表示，克善已迫不及待地对皇太后说：

"这样好！这样好！我们一路上和努达海都熟了，能去努达海家，是我们最高兴的事了！就这样办好不好？"

"新月，你说呢？"太后问。"那是我们姐弟二人，求之不得的事！"新月坦白地说。

于是，事情就这样决定了。新月姐弟，将在将军府中暂住,等到新月服满,指婚后再研究以后的事。

新月和克善迁进将军府那天,真是不巧极了。努达海家中,正闹了个天翻地覆。原来,努达海有个部下,名为温布哈,这次努达海出征,他正卧病在床,不曾随行。就在努达海援救荆州的时候,温布哈病故了。这温布哈有个姨太太,只有二十四岁,名叫甘珠,居然被温布哈的家人,下令殉身陪葬。这事被热心肠的雁姬知道了,实在无法坐视不救。事关生死,她也等不及努达海回家,就自作主张,把甘珠给藏进将军府,无论温布哈家里怎样来要人,她就是不放。

这天,温布哈家的老老少少,穿着孝服,闹进了将军府。雁姬和老夫人都忙着在排难解纷,根本顾不到新月和克善。努达海的马车进了家门,居然没有一个人前来迎接。努达海听到家里一片喧嚣,不知道发生了什么大事,急忙对新月说:

"你和克善在这儿等一等,我带阿山进去看看是怎么了,你们别乱走,等我出来!"

"好的,你快去吧!"新月说。

于是,新月和克善,就带着云娃和莽古泰,四个人站在院子里等。等来等去,没等到努达海,却等来了努达海的一儿一女,骥远和珞琳。骥远和珞琳,是趁着温布哈家的人前来大闹的当儿,带着甘珠准备逃跑。三个人慌慌张张地跑到院子里,一眼就看到四个身穿孝服的男男女女,站在那儿,立刻误会成温布哈家的人了。珞琳脱口惊呼:

"哎呀!不好,这儿还有四个人在拦截呢!"

骥远看了一眼,急急地对珞琳说:

"没关系！只有一个大个儿，交给我！我冲上去，先攻他一个措手不及，你带着甘珠逃，你瞧，咱们家的马车停在门口，你们冲上马车去！你先驾着车去香山碧云寺，我和额娘再来接应你们！"说着，他嘴里发出一声大叫：

"啊……"整个人就飞扑上去，一下子就跳到莽古泰的身上，用他那练过武的、铁般的胳臂，死命地缠住了莽古泰的脖子，双腿一盘，绕在莽古泰的腰上，嘴里大吼大叫着：

"珞琳，甘珠，快跑！"

事起仓促，新月、莽古泰、云娃、克善都大吃一惊。莽古泰一个直接反应，就抓住骥远的手，摔跤似的用力一掀，把骥远从背上直掀落地。骥远完全没料到碰到一个会家子，被摔了个四脚朝天。奔跑中的珞琳回头一看，只见莽古泰已抓住了骥远，把他的胳臂用力给扭到身后，骥远痛得呱呱大叫。珞琳顾不得逃跑了，飞奔回来救骥远。她冲上前去，对着莽古泰又捶又打，一面大叫着：

"放开他！放开他！你这野蛮人，你要扭断他的胳臂了！"

"傻瓜！"骥远也大叫着，"你跑回来干什么？我这不白挨揍了？"新月已经惊讶得花容失色，气急败坏地大喊："你们这是做什么？怎么可以暗算我们？快放了莽古泰！努达海在哪儿？""放肆！"骥远喊着，"居然敢直呼阿玛的名字！"

克善已冲上前去，对骥远和珞琳尖叫着：

"你们两个打一个！"张开嘴，他一口就咬在珞琳手上。

"哎哟！"珞琳痛喊着。

云娃见到克善也卷入战团，真是吓坏了，急忙追上前去，拼命拉扯着，直着脖子叫：

"小主子！小主子！你别上去……"

"克善！克善！"新月也急喊着，用力去拉克善。

骥远毕竟是努达海的儿子，自幼习武，虽然没什么应敌的经验，到底不是等闲的功夫。此时，大吼了一声，铆足了全力，竟把莽古泰和珞琳一起掀翻在地，正好新月急冲上前去救克善，大家撞成了一团。骥远猛一抬头，和新月惊慌的眸子正面相对。彼此这一照面，新月还没什么，骥远却着实一呆，被这张美丽清新的面庞给镇住了。

就在这乱成一团的时候，努达海带着雁姬、老夫人赶来了。"天啊！"努达海大惊，"这是怎么回事？莽古泰，住手住手！这是我儿子呀！珞琳！你怎么躺在地上？"

大家都吓了一跳，纷纷停手。努达海急步上前，一手抓住骥远，一手抓起珞琳，喊着说：

"你们怎么如此鲁莽呀？这是端亲王的子女，新月格格和克善小世子呀！"骥远和珞琳对看了一眼，眼睛睁得一个比一个大。后面的老夫人和雁姬，见到大家打成一团，也都惊讶莫名。努达海放下了骥远和珞琳，对他们两个瞪了一眼：

"今天在宫中，新月已被册封为和硕格格，克善也将袭父爵，是个小王爷呢！你们的见面礼可真奇怪呀，还不向格格和小世子道歉！"骥远和珞琳慌忙跪了下去，齐声说：

"格格吉祥！小世子吉祥！"

老夫人、雁姬率领着乌苏嬷嬷、巴图总管和家丁仆佣等，全都匍匐于地："格格吉祥！小世子吉祥！"

还在闹事的温布哈家人,以及已无法逃走的甘珠也都跪下了:"格格吉祥!小世子吉祥!"

新月慌忙去扶起老夫人和雁姬。

"快起来,快起来吧!千万别行此大礼!我的命是努达海救的,现在又到府里来打扰,我充满了感恩之心,把你们都当成家人看待,希望你们也别对我太见外了!"

"哦!"老夫人惊赞着,"到底是端亲王之后,相貌谈吐自是不凡,珞琳骥远,你们可被比下去了!"

珞琳对着新月嘻嘻一笑,挺不好意思的样子。骥远用手抓了抓头,也是一脸的尴尬。新月看看这个,又看看那个,这才知道,这两个年轻人就是努达海一路上跟自己提过好多次的骥远和珞琳!不禁对着他们微微一笑,这一笑,骥远就再一次地怔住了。努达海走过来,搀着老夫人,对新月介绍着:"这是家母。"再把雁姬推向前去,"这是我的妻子,雁姬!"

雁姬往前迈了一步,笑吟吟地看着新月。新月也不自禁地、特别注意地看着雁姬,见雁姬雍容华贵,落落大方,明眸皓齿,眉目如画。不禁十分惊讶于她的美丽和年轻,怎样都看不出来,她有骥远和珞琳这么大的一对儿女。

"刚才小犬莽撞,冒犯之处,还望格格见谅!"雁姬说。

"误会一场,哪有什么冒犯之处?"新月连忙回答,指了指甘珠等人,"先排难解纷吧!虽然我没弄清楚是怎么回事,但显然有问题亟待解决!"

大家的注意力这才又回到甘珠的身上。温布哈的遗孀也上前对努达海行礼,急急地说:

"将军！请你为我做主！甘珠是我家的人，我要带走！"

"大家请听我一句话！"雁姬对温布哈的家人朗声说，"这种活人陪葬的事，请你们不要再做了，实在太不人道了！想想看，如果甘珠是你们自己的女儿，你们忍心让她陪葬吗？与其让她陪葬，不如给了我吧！算是咱们将军府向你们家买了个丫头，我愿意出五十两银子买下她来！好不好？"

"可是……"温布哈的妻子仍然不肯放手，"她是温布哈生前的宠姬，既然得宠，自当陪葬！"

"此话错了！"努达海挺身而出，"温布哈生前，最重视的是你这位原配夫人啊！他跟着我东征西讨，常常谈起来的！我可以举出一百个以上的证人来！如果要以得宠的程度来决定由谁陪葬，恐怕还轮不到甘珠呢！"

温布哈的妻子，不禁一怔，立刻变得神情紧张。

"但是，我们现在不必去追究这个，"努达海话锋一转，继续说，"就事论事，陪葬是件残酷之至的事！如果温布哈的侍妾中，有自愿殉情的，又当别论，这样强迫甘珠陪葬，等于是私刑处死，甘珠何罪，要处死她呢？就算她死了，又能让温布哈重生吗？现在，你们就看我的面子，放了她吧！"

"将军！"温布哈的家人仍在喊着。

"你们是否还尊我为将军呢？是否还要听命于我呢？"努达海大声问。众人都跪下了。"那么，这事就解决了！"努达海威严地说，"巴图总管，去账房支银子给温布哈家，甘珠咱们买下来了！如果今天温布哈在世，我向他要甘珠，他也会给了我的，你们信吗？"

温家的众人俯首无语，全都默认了努达海的话。八旗的子弟，对于上级的命令，是非常服从的。

"好了！大家都散了吧！让温布哈早一点入土为安！都回去筹备丧礼吧！"温家的人，见事已至此，虽然并不是心服口服，但也不再闹了，大家纷纷跪下磕头，匆匆地散去了。

努达海见甘珠的一段公案，已经解决，这才欣然地回头对自己的家人说："甘珠的问题解决了，咱们该好好地欢迎新月和克善了！"

新月和克善，就这样住进了将军府。在进门的第一天，就领教了雁姬的能干，骥远的勇武，珞琳的男儿气概，和老夫人的慈祥高贵。她对每一个人都印象深刻。至于努达海全家，对新月的印象，也是深刻极了。何况，没有几个王公大臣家，能有这种荣幸，接一个和硕格格和小亲王到家里来住。因而，全家都喜滋滋地迎接着新月主仆四个。

努达海把府里一座自成格局的小院落，拨给了新月姐弟住。还给这座小院落取了个名字，叫望月小筑。当然，云娃和莽古泰也都住在望月小筑里。雁姬十分殷勤，又另外拨了两个丫头来侍候他们。一个丫头名叫砚儿，另一个名叫墨香。新月就这样，在将军府中，开始了她崭新的生活。

第三章

骥远，今年十九岁。珞琳，和新月同年，今年才刚满十七。这一双儿女，一直是努达海的骄傲。比他那辉煌的战功，更让他感到喜悦和得意。当然，这双儿女是非常优秀的。骥远长得俊眉朗目，生性乐观开朗，自幼跟着父亲习武，练了一身好功夫。珞琳从小就是个美人坯子，再加上口齿伶俐，能说善道，深得父母宠爱不说，也是老夫人的开心果。

这一对兄妹，是热情的、善良的，都有开阔的心胸，和爽朗的个性。从小生活优裕，使他们不知人间忧愁。新月来了，那样高贵典雅，那样楚楚动人，那样清灵如水，又那样优美如诗。再加上，她的孤苦无依，使她全身上下，都带着一份淡淡的哀愁。她的寄人篱下，又使她眉间眼底，带着浓浓的怯意。这样的新月，是动人的，也是迷人的。珞琳完全被她吸引了，整天往望月小筑跑，不知能为新月做些什么。骥远正值青春年少，从第一天见面开始，就在惊艳的、震动的情绪下,对新月意乱情迷起来。

新月并不知道她已搅乱了一池春水,她只是单纯地享受着骥远兄妹的友谊。努达海这次远征归来,就有一些反常,他比以前沉默,常常心不在焉。他和珞琳一样,也总是不由自主地往望月小筑跑。事实上,那些日子,谁不是有事没事就往望月小筑跑呢?

这天,珞琳知道了新月善于骑术,就兴冲冲地向努达海提议,不妨带新月去郊外骑骑马,免得她整天窝在家里,难免想东想西想爹娘。努达海深以为然。骥远正愁没机会接近新月,闻言大喜,一个劲儿说好。于是,新月、努达海、珞琳、骥远带着小克善,和一群侍卫,就去郊外骑马。

到了郊外,珞琳看到新月骑的是碌儿,就当场撒起娇来:"阿玛,你好偏心,把碌儿给新月骑!你从不让任何人碰你的碌儿,为什么对新月不一样?我不依,我就是不服气,我嫉妒死了!"新月有点儿局促了,不知道珞琳是在开玩笑还是说真的,不住地看珞琳又看努达海。只见努达海笑嘻嘻地对珞琳说:

"哈哈!有个人让你吃吃醋,正中我怀!平常把你惯得无法无天了!"他看着珞琳,"你的雪花团哪一点不好了?"

"雪花团没什么不好,就是不能和你的碌儿相提并论嘛!"珞琳笑着,对新月眨眨眼,让新月充分了解到她是被另眼相待了,"新月!我不管,今天我要和你赛一程,看看到底是雪花团厉害还是碌儿厉害!"

新月有些犹豫,骥远已在旁边鼓励地喊:

"去啊！怕什么？杀杀她的威风去！"

"来吧！新月！"珞琳叫着，就一马当先，往前奔去。

新月被这样一激，兴致大起，一夹马肚，追上前去。

骥远见机不可失，当然不会让自己落在后面，嘴中大喝一声："驾！"扬起马鞭，也飞驰向前。

一时间，骥远、新月、珞琳三骑连成了一线，奔驰着，奔驰着。马蹄翻飞，烟尘滚滚。三个年轻人，都忘形地吆喝着，呼叫着。新月被这样的策马狂奔振奋了，她确实忘了荆州，忘了伤痛，忘了孤独，忘了责任……她开始笑了。她的笑声如清泉奔流，如风铃乍响，那么清清脆脆地流泻出来。这可爱的、难得的笑声使珞琳和骥远多么兴奋呀！他们叫着、闹着、尽兴狂奔着。奔了好大一阵，三个人都是并辔齐驱，没有分出什么输赢。然后，新月把马放慢了下来，骥远就跟着把马放慢了。

珞琳掉转马头，发现骥远正和新月有说有笑，眉飞色舞的。她看出了一些端倪，就奔回来打趣地说：

"好哇！新月！你太藐视人了！居然边赛马边聊天！就这么不把我放在眼里啊？""哪有的事？"新月急道，"我追不上你呀！我认输好了！"

"太没意思了，谁要你认输呢？"珞琳嚷嚷着，"别把碌儿调教成了小病猫。来！让我帮你加一鞭！"珞琳一边说着，就一边提起马鞭，冷不防地抽在碌儿的屁股上。

"啊……"新月惊叫了一声，身子猛然往前冲，缰绳都来不及拉紧，碌儿已受惊狂奔。

"新月……"骥远大惊失色，急起直追。

珞琳觉得好玩极了，在后面哈哈大笑。但是，笑着笑着，她觉得不太对劲了。只见碌儿发疯般地狂奔，新月匍匐在马背上，左右摇晃着，手忙脚乱地捞着松脱的缰绳，眼看就要跌下马来。"拉住缰绳！"骥远急得大吼大叫，"把碌儿稳住，快拉缰绳……"新月也知道该快拉缰绳，奈何她捞来捞去，就是捞不着那绳子。她的身子，在马背上激烈地颠簸，颠得她头晕眼花，已不辨东南西北。就在此时，眼前忽然横着一枝树枝，她尖声大叫，衣服已被树枝钩住，整个身子，就腾空而起，往地上重重地摔落下去。说时迟，那时快，骥远已经来不及思想，纵身一跃，就对着新月的方向扑过去。

只听到"砰"的一声，重物落地，接着是"哎哟""哎哟"两声大叫。到底这两个人是怎样翻落地的，谁也闹不清楚。总之，等珞琳、努达海和众人赶到时，看到的是骥远抱着腿在地上呻吟，新月睁着一对惊魂未定的大眼睛，坐在一旁，呆呆地看着骥远发愣。

"怎样了？怎样了？"努达海惊慌地问，"新月……你摔伤了？""我……我好像没事……"新月从地上爬了起来，动了动手脚，"可是……骥远……骥远好像摔得很重……"她着急地俯身看骥远，"骥远！你怎样了？"

"我……我……我……"骥远疼得龇牙咧嘴的，还努力想装出笑容来，"我也没事……没事……只是站不起来了……"

"哥！"珞琳急得快哭了，"我不是故意的，我完全没料到会这样……对不起！对不起！"

努达海翻身落马,一把抱起了骥远。

"快!赶快回家看大夫去!"

等到骥远被抬回家里,就别提全家有多么震动了。老夫人、雁姬、努达海、新月、克善、珞琳、大夫、乌苏嬷嬷、巴图总管、甘珠,和骥远的奶妈丫头们,黑压压地挤了一屋子。老夫人心痛得什么似的,又骂珞琳又骂努达海,只是不敢骂新月。至于那匹闯祸的碌儿,差一点没让老夫人叫人给毙了。幸好,府里养着专治跌打损伤的大夫,经过诊治,骥远只是脚踝脱臼,并无大碍。大夫三下两下,就把骨头给接了回去。骥远虽然痛得眼冒金星,额冒冷汗,但因佳人在座,始终都很有风度地维持着笑容,使雁姬对儿子的英雄气概,赞不绝口。折腾到了晚上,新月带着一腔的歉意,和克善回望月小筑去了。骥远的心,就跟着新月,也飞到望月小筑去了。屋子里没有了外人,雁姬才有机会细问出事的详情。珞琳这一会儿,知道骥远已经没事,她的精神又来了,绘声绘色地把经过又添油加醋了一番。关于骥远的"飞身救美",自然被渲染得淋漓尽致。努达海原不知道出事的缘由,此时,竟听得发起呆来。这天夜里,雁姬和努达海回到了卧室,雁姬瞅着努达海,只是默默地出神。努达海被看得心里发毛,忍不住问:

"怎么了?""我在想……"雁姬颇有深意地说,"你把新月带回家来,是不是命运的安排,冥冥中自有定数!"

"为何有此一说?"努达海神色中竟有些闪烁,自己也不知道何以心绪不宁。"难道你还不明白,咱们的儿子,是对新月一见倾心了?"

努达海整个人一愣。"你听珞琳胡说八道呢,"他勉强地答着,"这珞琳就会言过其实,喜欢夸张,黑的都会被她说成白的。"

"你少糊涂了!"雁姬笑着,"骥远那份神不守舍的样子,根本就原形毕露了!""原形毕露?"努达海怔怔的,"是吗?"

"是啊!我不会看走眼的!你们男人总是粗心大意一些,才会这样没感觉!依我来看,骥远动了心是绝对没错,就是不知道新月怎样。""难道……"努达海下意识地皱了皱眉头,"你不反对?"

"为什么要反对呢?"雁姬深思地说,唇边带着个自信的笑,"咱们家哪一点输给别的人家了?如果骥远有这个本事,能摘下这一弯新月,那也是美事一桩,咱们大可乐观其成,你说是吗?""嗯,"他轻哼一声,"可是,新月是个和硕格格,将来需要由皇上指婚;骥远的婚姻,也不是我们能做主的……"

"我知道,我知道,"雁姬打断了他,"只要他们两个郎有情,妹有意,一切就不难了。想那太后对新月如此喜欢,到时候只要新月有些暗示,太后自会把新月指给骥远的!所谓指婚,哪一次是真由皇上做主呢?还不都是两家都有意思了,再由皇上和太后来出面的!"雁姬虽然有点一厢情愿,分析得却也合情合理。是吗?努达海不吭气了,手里握着一个茶碗,眼光直愣愣地看着碗里的茶水,神思恍惚。是吗?他模糊地想着,骥远喜欢新月?是吗?他们两个,年龄相仿,郎才女貌，确实是一对璧人啊！"今天，珞琳倒说了一句很俏皮的话，使我心有戚戚焉！"雁姬并未留意他表情上微妙的变化，自顾自地说。

"她说什么？""近水楼台先得月！"努达海猛地一震，觉得自己内心深处，被什么东西重重地撞击了。经过这次摔马事件，努达海去望月小筑的次数，就明显地减少了。新月不说什么，脸上，逐渐露出一种萧瑟的神情，眼底，浮现着落寞。每当和努达海不期而遇，她就会递给他一个微微的笑。那笑容十分飘忽，十分黯淡，几乎是可怜兮兮的。这样，有天晚上，努达海给她送来皇上御赐的春茶，发现她正一个人站在楼头看月亮。他示意云娃不要惊动她，就不声不响地走到她身边。新月只当是云娃走过来，头也不回，只是幽幽地叹了口气。这声叹气，使努达海的心脏没来由地一抽，竟抽得好痛好痛。一阵风过，夜凉如水，努达海不由自主地，解下了自己的披风，默默地披在她的肩上。

新月蓦然回头，这才发现身边站着的是努达海。她一句话都没说，只是用那对盈盈然的眸子，静静地瞅着他，眼中盛载的是千言万语。努达海被这样的眼神给震慑住了，除了静静地回视她以外，什么能力都没有了。两人就这样静静相对，彼此都看得痴了，也都被对方眼中所流露的深情所惊吓住了。"你在生我的气吗？"好半响，她才幽幽地问了一句，声音中带着微微的震颤，"我做错什么了吗？"

"怎么会？"他的心揪紧了，"为什么要这样问呢？"

"因为……"她住了口，欲言又止。眼光停驻在他脸上。

"因为什么?"他忍不住追问,眼光竟无法和她的视线分开。"因为……"她再说,沉吟着。

他忽然有些害怕起来,他这一生,还没有害怕过什么,可是,此时此刻,他却害怕着这对黑色的眸子,这对闪亮的眼睛。也害怕她将说出的话,和她没说出的话。他蓦地抽身一退,像逃避什么似的,急急地说:

"起风了!咱们进去吧!"

她叹了口气,嗒然若丧,什么话都不再说,默默地跟着他走进了房里。房间中,几盏桐油灯点得明晃晃的,似乎比那楼头的月色来得安全多了。云娃也捧来了刚沏的热茶,笑吟吟地说:"格格,努大人特地给你送来的茶叶,挺香的呢!"

于是,他们坐下来,开始品茶。刚刚在楼头,好像发生了什么,又好像什么都没发生。

第四章

骥远的脚伤在一个月后已痊愈，但他对新月的一番痴情却一点儿进展都没有。望月小筑虽然就在府中，可他到底是个男子，总不能有事没事往那儿跑。每次都挖空心思想理由，已经想得他焦头烂额。

这天，他的念头动到了克善身上。

克善最近有些郁郁寡欢。自从在望月小筑定居下来以后，他的生活就变得十分规律。每天吃过早餐，莽古泰是他的"车把式"，定时送他去宫里的书房，和阿哥们一齐念书。下了课，莽古泰就是他的师父，监督他在教场中练功夫。身负重振家园的重任，小克善必须文武兼修。他的功课相当吃重，而新月待他，也非常严苛。克善年纪尚小，这样的生活当然有些不耐，但他最近的心事，却与功课繁重无关。

七月底，他从云娃那儿知道，八月初三就是新月的生日。想起以前在王府中，新月每次过生日，家里都会大宴宾客，请戏班子来唱戏，总要热闹个好几天，现在，什么都没有了。云娃说着说着，就摇头叹气，克善听着听着，也就笑不出来了。云娃说，现在正在为王爷福晋服制，又寄住在别人家，千万不能和新月提生日这事。克善虽然不提，心里却相当难过。那些天，他老想去街上，悄悄地给新月买件礼物，印象中，自己每次过生日，都会收到好多礼物。可是，那莽古泰把他盯得紧紧的，哪儿都不许他去，真把他给气坏了。

就在这时，骥远来救他了。

骥远轻易地就把莽古泰给支开了，更轻易地就知道了小克善的心事。因为，骥远对克善那么好，早就赢得了克善完全的信任。知道新月要过生日，骥远又惊又喜，和克善一样，就挖空心思，想要特别表示一番。于是，这天一早，骥远自告奋勇来当克善的"车把式"，莽古泰不疑有他，就把克善交给了骥远。脱离了莽古泰的监督，克善有如脱缰野马。骥远带着他，先去逛天桥，又看杂耍又看猴戏，又吃点心又吃小馆，玩得不亦乐乎。然后，两个人就开始给新月买礼物。这一下就累了，想那新月出身王府，什么好东西没见过，骥远挑来挑去，没有一样东西看得中意。从小摊子挑到了大商店，从绸缎庄挑到了首饰铺……不知道走了多少路，看了多少店，最后，才在一家古董店里，发现一条项链。说来也巧，这条项链像是为新月定做的：它是由三串玉珠串成的，三串珠珠中间，悬挂着一块古玉，正是一弯新月。这还不说，在那些小玉珠珠之中，还嵌着一弯弯银制的月亮，每一弯都可以动，荡来荡去的。这条项链，使骥远和克善的眼睛都同时一亮。

克善立刻就欢呼着说:"太好了,不要再挑了,就是这个了!姐姐看了,一定会高兴得昏过去!"这条项链价值不菲。好在骥远有备而来,带了不少的钱,才买到手。等到项链买好了,早已过了平常下书房的时间。骥远把项链藏在克善的书包里,千叮咛万嘱咐,不能在新月生日前拿出来。两人看看时光已晚,一面匆匆忙忙赶回家,一面急急忙忙编故事。谁知,新月到了下课时间,仍然让莽古泰去宫中接克善。莽古泰去了宫里,这才知道克善逃了学。而且,是在骥远的协助下逃了学。新月这一怒非同小可,左等右等,好不容易把克善等回来了,一见后面,还跟着个骥远,新月真是气不打一处来。她紧板着一张脸,直视着克善问:

"你今儿个上了书房?"

"当然上了书房……"骥远一看情况不妙,抢着要帮克善遮掩,"回来的时候,路上有点儿耽误……"

"我没问你!"新月对骥远一凶,"让他自己说!"

"我……我……"克善紧张地点点头,"是啊!"

"你上了书房,那么师父今天教了什么书,你说来听听看!"克善着慌了,两眼求救地看着骥远。

"哦……"骥远连忙又抢话,"我问过他了,今天师父不教书,光叫他们写字!""对对对!"克善像个小应声虫。"师父没教书,只叫我们写字!""拿来!"新月一摊手,"把你写的字拿给我看看!"

克善一呆,身子不自禁地往后一退。

新月再也沉不住气,霍然冲上前来,伸手就去抢克善的书包。克善大惊失色,生怕项链被发现,死命抱住书包不放。"你……你要干吗?"克善一面挣扎一面喊着,"这里头没有,字写完了,就……就搁在书房,没带回来嘛!"

"你还撒谎!你每一句都是谎话!"新月抓了桌上的一把戒尺,就往克善身上抽去,嘴里沉痛至极地骂着,"你这样不争气不学好,怎么对得起地下的阿玛和额娘?荆州之役你已经忘了吗?爹娘临终说的话你都不记得了吗?你翘课,不读书也就罢了,你居然还说谎、编故事、撒赖……无所不用其极……你气死我了!气死我了……"

克善从来没见过姐姐这个样子,吓得脸色发白,他也从没挨过打,痛得又躲又叫。骥远大惊,急忙拦在克善前面,对新月喊着说:"别冤枉了他,坏主意都是我出的!他不过是累了,想出去逛逛街……我知道你对他期望甚高,可他到底只有八岁呀!整天文功课、武功课,折腾到晚上还要背功课,实在也太辛苦了嘛!所以……所以我才出主意……带他出去走走……"

"我不要听你说话!"新月听到这话,更加生气,对着骥远就大吼出声,"不要以为我们今天无家可归,寄住在你们家,我就该对你百般迁就!你出坏主意我管不着,我弟弟不学好,我可管得着!你别拦着,我今天不打他,地底下的人,一个都不能瞑目!"新月一边吼着,一边已从骥远身后,拖出了克善,手里的戒尺,就雨点般落在克善身上。新月原是只要打他的屁股,奈何克善吃痛,拼命用手去挡,身子又不停地扭动,因而,手背上、头上、肩上、屁股上全挨了板子。云娃和莽古泰站在一边,急得不得了,却一句话也不敢说。骥远看情况不妙,什么都顾不得了,冲上前去抱住了克善,硬用身子挡了好几下板子。他叫着说:"别打了!别打了!他不是贪玩翘课,想出去遛遛固然是真的,但是,真正的目的是要给你买生日礼物啊!"骥远说着,就去抢克善的书包,"不相信你瞧!"

克善早已泪流满面,一边哭着,还一边护着他的书包,不肯让骥远拿。新月闻言,整个人都怔住了,收住了手,目瞪口呆地看着克善。云娃急忙扑过去,抓住书包说:

"里面到底有什么?快拿出来吧!都被打成这样了,怎么还不说?"书包翻开,就露出了里面那考究的首饰盒。克善这才呜咽着,把首饰盒打开,往新月怀里一放,抽抽噎噎地说:

"本来要等到你过生日才要拿出来……找了好久好久嘛!上面有好多好多月亮嘛……你看你看……有大月亮还有小月亮,和你的名字一样嘛……"

新月抓起了那项链,不敢相信地看着。手里的戒尺,就"砰"地落在地上。她的眼光,直勾勾地瞪着那项链,一时间,她似乎没有思想也没有意识。接着,她蓦然间就崩溃了,她竟然"哇"的一声,放声痛哭起来。这一哭,哭得真是肝肠寸断。她对克善扑跪了过去,一把就紧紧地抱住了他,泪水成串成串地滚落,她哭得上气不接下气,呜咽不能成声。

克善被新月这样惨烈的痛哭又吓住了,结结巴巴,可怜兮兮地说:"姐!姐!对不起……对不起嘛!以后……以后不……不敢了嘛……"新月被他这样一说,更是痛哭不已,她紧紧地抱着他，好半天，才哽咽着吐出一句话来：

"是我……对不起你……我……我……对不起，对不起，对不起……"她一迭连声地说了好多个对不起。

"姐！姐！姐！"克善喊着，再也忍不住，用双手回抱住新月，也大哭起来，"是我不好嘛，可我不敢跟你说，你一定不会答应我，给我去上街的！"

云娃站在一旁，眼泪滴滴答答地往下掉，莽古泰湿着眼眶，拼命吸着鼻子。骥远怔怔地看着这一幕，只觉得鼻中酸楚，心中凄恻。这是第一次，他看到了新月的坚强，也看到她的脆弱，看到她的刚烈，也看到她的温柔。如果要追究他对新月的感情，是何时深陷进去的，大概就是这日了！

八月初三到了，望月小筑冷冷清清的。因为新月再三地嘱咐，不可把生日之事泄露给大家知道，所以，努达海他们没有任何表示。到了晚上，新月情不自禁地又站在楼台上，看着天上的一弯新月，思念着她的爹娘。忽然间，她发现楼下的庭院里，出现了一盏灯，接着，是第二盏灯，第三盏灯，第四盏灯……越来越多的灯，在满花园中川流不息地游走，煞是好看。她太惊奇了，慌忙叫云娃、克善、莽古泰都来看。四个人站在楼台上，看得目瞪口呆。然后，那些灯被高高举在头顶，这才看出举灯的是几十个红衣侍女。侍女们又一阵穿梭，竟然排列成了一弯新月。夜色中，由灯火排列成的新月闪闪发亮，耀眼而美丽。接着，侍女们齐声高呼：

"新月格格，万寿无疆！青春永驻！快乐常在！"

新月又惊又喜，简直意外得不知该如何是好。云娃和克善兴奋得抱在一起叫。然后,就有两列丫头,手举托盘,里面全是佳肴美点,从望月小筑的门外鱼贯而入。新月等四人连忙迎上前去,珞琳一马当先,已经奔上楼来。她后面,紧跟着老夫人、努达海、雁姬、骥远。珞琳抓住新月的手,热情地嚷嚷着:"咱们才不会让你一个人冷冷清清地过生日呢!骥远老早就泄露给咱们知道了,这几天,全家都在秘密安排着,忙得不得了!这个'灯火月牙'可是专门为你排练的,是阿玛亲自指挥的哟!我看他比指挥打仗还累,待会儿月牙儿歪了,待会儿月牙儿又不够亮……可把这帮丫头给折腾够了!"

新月听着,抬起眼睛,就接触到努达海的眼光,那样温柔的眼光,那样宠爱的眼光。新月心中怦地一跳,整颗心都热腾腾的。她再看雁姬,那么高贵,那么典雅,美丽的双眸中,盛载着无私的坦荡。她心中又怦地一跳,喉咙中竟然哽住了,她环视大家,一句话都说不出口。下意识地,她伸手摸着胸前悬挂的新月项链,简直掂不出这个生日的分量,它太重太重了!

第五章

　　这个十七岁的生日，使新月心中，有了若干的警惕。她比以前更深刻地体会出这个家庭的幸福和温暖，也比以前更深刻地体会出雁姬的风华气度。自从来到努达海家，她就发现这个家庭和别的王公大臣家完全不同，别的家里姬妾成群，努达海却连个如夫人都没有。现在，看雁姬待上有礼，待下亲切，待努达海，又自有一份妩媚温柔，她就有些明白过来了。原来，一个可爱的女子，可以拥有这么多人的爱和尊敬。这，是让人羡慕而感动的！于是，新月在一种崭新的领悟中，告诉那个已有一些迷糊的自己：她也将以一颗无私的心胸，来爱这个家庭里的每一个人！

　　这种想法，想起来容易，做起来却全不是那么回事。人类的感情，从来不可能"平均分配"。但，对年仅十七岁的新月来说，她实在没有能力去分析那么多了。

　　生日过后的第三天，克善出事了。

这天，克善的课上了一半，就在书房中晕厥了。幸好努达海正在朝中，立刻赶到书房，会合了三位太医，诊察了克善。然后，努达海带着克善，连同宫中最有声望的韦太医，一齐驾了车，飞驰回府。抱着克善，直奔望月小筑，在众人的惊愕震动中，努达海十分严重地对全家宣布：

"大家听我说，克善高烧呕吐，浑身起斑疹，据三位太医的联合诊断，是害了现在正在城里流行的伤寒症！"

此语一出，全家都吓傻了，尤其新月，已经面无人色。

"伤寒？"老夫人见多识广，惊呼着说，"那还得了？这病会传染呀！""确实不错，"太医接口说，"从今年年初起，这病就在北京郊区蔓延，已经有上万的人不治了。四月间，皇上明发上谕，已把西山划为疫区，凡得此病者，都送到西山去隔离治疗，以免疫区扩大……""那……那……"老夫人惊慌而碍口地说，"咱们是不是还是遵旨办理……""不！"努达海坚定地说，"送到西山，是让他自生自灭，我决不放弃克善！所以，你们大家听好，从现在开始，这望月小筑就是疫区了！你们谁也不要进来，以免传染！同时，要把府里所有的人手聚集起来，在府里进行消毒工作！消毒的方法，太医会告诉你们，雁姬，你带着大家，去切实执行！""是！"雁姬应着，眼光不自禁地紧盯着努达海，"可是……你……""这个病虽然可怕，但是并非不治之症，"努达海打断了雁姬的话，显然已经明白她要说什么，"韦太医就曾经治好了好几个，所以，我们要有信心！而且，我在八年前，也得过此症，现在还不是好端端的？"

"你在八年前得过此症？"老夫人太惊愕了，"怎么我一点也不知道？""就是那年和温布哈一齐出征时，在湖北山区里得的，不信你问阿山！"阿山是努达海的亲信，跟着努达海征战多年，"太医说，这个病和出天花一样，得过一次的人就不会再得，所以，我和太医带两个身体强壮的丫头留在这儿照顾克善，你们全体给我离开望月小筑，新月，你也一样！"

"要我离开这儿，是绝不可能的事！"新月往克善床前一站，满脸的惊惧与焦灼，满眼的悲苦与坚决，"克善害了这么重的病，都是我没把他照顾好的原因，我现在已经急得五内俱焚……不知道该怎么办，只知道，你们用一百匹马来拉我，也休想把我从这床前拉开一步！"

"我也是！"云娃立刻接话，和新月同样地坚决，"这个病既然是传染的，对任何人都不安全，不能让努大人家里的丫头冒险，我和莽古泰，是端亲王指派来侍候小主子的，我们和小主子同生共死！所以，有我和莽古泰在这儿就够了，不用再麻烦别人了！""加我一个！"骥远热烈地说，"我年轻力壮，绝对不会被传染！""我也要帮忙！"珞琳往前一站。

"你们都疯了吗？"老夫人声色俱厉了，"你们当作这是凑热闹好玩吗？这是会要人命的！"

"对！"努达海也严厉地说，"你们唯一能帮忙的事，就是保护好你们自己，让我没有后顾之忧！""努达海！"雁姬忍不住深深地看着努达海，认真地问，"你八年前真的害过伤寒？不是别的病？你真的不会被传染吗？""你以为我会拿自己的生命来开玩笑？"努达海一脸的严肃，"我自己害过的病，我还会不了解吗？连症状都和克善一模一样！""我想，"新月对努达海急切地说，"这儿有太医，有我，有莽古泰和云娃，已经够了，我不管你害过还是没有害过，我就是不能让你来侍候克善，请你和大伙儿一起离开这儿吧！"

"说的是什么话？"努达海几乎是生气了。"这是什么时候了？还在这儿讨价还价！"他抬头看着雁姬，果断地说："别再浪费时间了，就这么决定，我、太医、新月、云娃、莽古泰留着，你把所有的人都带出去，去做你们该做的事！除了按时送饭送药以外，不许任何人接近这儿，一切你多费心张罗了！"雁姬的双眸，一瞬不瞬地注视着努达海，多年以来，对努达海的信任和热爱，使她不再怀疑，也不再犹豫。她眼中充满了柔情与支持，坚定地说：

"你只管放心吧！"她看了一眼新月，更加细心地叮嘱着，"既然你已经害过，不怕传染，你就多辛苦一些，别让新月过劳了！也别让她传染了！"

接下来，是好可怕的日子。

克善的病，来势汹汹。他浑身火烫，全身起满了一块块红斑，在床上挣扎翻滚。喂进去的药，一转眼间就全吐了出来，吃下去的东西也是如此。几天下来，他已是骨瘦如柴，双颊都凹陷下去。接着，他开始咳嗽气喘，常常一下子就喘不过气来，眼看就要停止呼吸，好几次都吓得新月魂飞魄散。然后，克善又开始腹泻……被单换了一条又一条。

整个望月小筑，笼罩在一片愁云惨雾里。不只是愁云惨雾，还充满了紧张与忙碌。院子里，到处拉了绳索，晾满了大小毛巾、床单、被褥。空地上架着个大铁锅，里面煮着要消毒的被单和毛巾。莽古泰忙不迭地烧火、搅被单，还要在屋子的各个角落洒石灰水。云娃跑出跑进，一会儿送弄脏的衣物出来，一会儿又把熬好的药端进去。新月衣不解带地守在克善床边，每当克善弄脏了床单，她和努达海就双双抢着去清理换新。努达海本来是不让新月动手的，但是，后来也已顾不得了。叹了口气，他无奈地说：

"只希望上苍垂怜，让你能免于传染，否则，你就逃也逃不掉了！"然后，他就紧张地监督着她去洗手消毒，他自己也拼命地洗刷着。等到第五天，克善的情况更坏了，他完全昏迷了，嘴唇都已烧裂，偶尔睁开眼睛，他已不认得任何人，眼光涣散而无神。他嘴中，模模糊糊地，叫着阿玛和额娘。这种呼唤，撕裂了新月的心。到了这个地步，太医已经不能不实话实说了：

"我已经尽力了！无奈小世子体质甚弱，病势又如此凶猛，到了这一步，再开什么药，怕也无能为力了……"

新月如闻晴天霹雳，扑过去就摇着太医：

"什么叫无能为力？怎么会无能为力？太医！您医术高超，您快开药……""说实话，他……他大概熬不过今晚了！"太医说。

"不……"新月发出一声撕裂般的狂喊，对着太医跪了下去，"你救他！你救他！求求你救救他……"她说着就要磕下头去。"使不得！使不得！"太医手忙脚乱地来拉她，"格格快请起来！""新月！"努达海拉起了她，用力地摇了摇她，"听我说，还没有到最后关头，我们谁都不要放弃，我想，上苍有好生之德，老天爷也应该有眼，保留住端亲王这唯一的根苗，否则就太没有天理了！至于咱们，更不能在这个节骨眼上就绝望了，就崩溃了，所谓尽人事，听天命！让我们全心全力来尽人事吧！我相信，他会熬过去的！"说着，他又一把拉住了太医，"太医！请你也不要轻言放弃！良医医病，上天医命！我把他的病交给你，他的命交给上苍！"

太医被说得精神一振。

"是！我再去开个方子！"

云娃和莽古泰急急地点头，好像在黑暗中看到一盏明灯似的。新月怔怔地看着努达海，在努达海这样坚定的语气下，整个人又振作了起来。那是漫长的一夜，守在克善床边的几个人，谁都不曾合过眼。远远地打更声传了过来，一更、两更、三更、四更……克善的每一下呼吸，都是那么珍贵，脉搏的每一下跳动，都是众人的喜悦。然后，五更了。然后，天亮了！克善熬过了这一夜！大家互望着，每个人的眼睛都因熬夜而红肿，却都因喜悦而充满了泪。接下来是另一个白天，接下来又是另一个黑夜。克善辛苦地呼吸着，始终不曾放弃他那孱弱的生命。每当新的一天来临，大家都好像携手打赢了一场艰苦的战争。可是，下面还有更艰苦的战争要接着去打。

十天过去了，每一天都十分危险的，但是，每一天都熬过去了。十天之后，新月已经非常消瘦和憔悴。努达海立了一个规定，大家都要轮班睡觉，以保持体力。新月也很想遵守规定，奈何她太担心太紧张了，她根本无法合眼。这天晚上，她坐在克善床前的一张椅子里，再也支援不住，竟昏昏沉沉地睡着了。努达海轻轻地站起身来，拿了一条被，再轻轻地盖在新月身上。虽然努达海的动作轻极了，新月仍然一惊而起，恐慌地问："怎样了？克善怎样了？"

"嘘！"努达海轻嘘了一声，"他还好，一直在睡，倒是你，再不好好休息一下，如果你也倒下去了，怎么办？"

她抬眼瞅着他。她的眼中，盛满了感激、感动、感伤和感恩。"我如果倒下去了，是为了手足之情，你呢？"她问。

他的心脏，怦然一跳。他注视着面前那张憔悴的脸，那对盈盈然如秋水的双眸，顿感情怀激荡，不能自已。

"我是铜墙铁壁，我不会倒下去。"他说。完全答非所问。

"现在就我们两个在这里，你能不能诚实地答复我一个问题？"她忽然说。"什么问题？"他困惑着。

"你从没有害过伤寒是不是？"

他大大地一震，没料到她会有此一问，竟愣了愣，才勉强地回答："我当然害过！""你没有！"她摇头，两眼定定地看着他。"你骗得了所有的人，但是你骗不了我！这些日子，我看着你的一举一动，你勤于洗手消毒，你对克善的症状完全不了解……你根本没害过伤寒！""我害过……"他固执地说。

她忽然扑向了他，激动地一把握住了他的手，用带泪的声音，急切地说："请你为我，成为真正的铜墙铁壁，因为我好害怕……如果你被传染了，如果你变成克善这样，那我要怎么办？失去克善或是失去你，我都不能活！请你为了我，一定一定不能被传染……你答应我，一定一定不会被传染……"

这下子，他所有的武装，一齐冰消瓦解。他再也控制不了自己，竟把她一拥入怀。他紧紧地、紧紧地抱着她。感觉到她浑身在战栗，他的心就绞成了一团。

"我答应你，我答应你，我答应你……"他一迭连声地低喊出来，"你放心，我会为你活得好好的！你绝不会失去我！我是铜墙铁壁，而且百毒不侵！"

她睁大了眼睛看着他，眼中蓄满了泪。他也目不转睛地凝视着她，带着满心的震颤。死亡就在他们身边徘徊，此时此刻，他们什么都顾不得了。即使会万劫不复，他们也顾不得了。又过了三天，克善身上的红疹退掉了。云娃兴奋地喊着："格格！你快来看，红疹退了！红疹退了！"

努达海、太医、莽古泰、新月都赶过来看。太医翻开了克善的衣服，仔细地检查，再测量他的呼吸、脉搏和体温。

"斑疹退了，烧也退了！"太医一脸的不可思议，"真是精诚所至，金石为开呀！恭喜格格，恭喜努大人！我想，小世子已经没有生命危险了……"

太医的话还没说完，床前的四个人已发出了欢呼声，新月和云娃，更是忘形地拥抱在一起，又哭又笑。莽古泰"扑通"一声，就跪倒在太医面前，倒头就拜。

"莽古泰给太医磕几个响头，谢谢太医！谢谢太医！"

他这样一跪，云娃也跪下去了。新月立即整整衣衫，也预备跪下去，谁知才走了两步，忽然觉得一阵天旋地转，眼前一黑，双腿一软，整个人就倒下去了。

"新月！"韩子奇大叫着，一把抱起了新月，脸色雪白地瞪着她，"不许被传染……大夫……大夫……你快检查她！不可以被传染……我不允许！我不允许……"

新月醒过来的时候，发现自己正躺在自己的房间里，坐在床边凝视着她的，是满脸柔情的韩子奇。

"我怎么了？"她虚弱地问，神思有些恍惚。

"你只是太累了，一高兴就晕过去了！"韩子奇给了她一个灿烂的笑，"可是你真把我吓了一大跳，幸好大夫就在身边，马上给你做了检查……你放心，什么事都没有，真的！"

新月呆呆地看着他，仍然觉得头昏昏沉沉，四肢无力。忽然间，她有些惊恐起来，紧张地瞪着韩子奇，她说：

"你有没有骗我？是不是我已经被传染了？"她猛地从床上坐了起来，用双手拼命地去推他，"你快离开这儿！快走开！不要靠近我！我求求你……求求你……"

他忙用手去抓她的手。

"你躺下来，不要乱动！好好地休息！我不是告诉你了吗？你没有被传染，真的，真的……"

"我不相信你！"她喊着，"你这人好会说谎……明明没害过伤寒，你也会说害过，你快出去！我不要你被传染，那比我被传染严重太多太多了……你走你走呀……"

"我没有骗你，我没有说谎，"他喊着，"你确实只是太累了……""不是不是，"她拼命摇头，"你说谎！克善刚开始就是这样的……我求求你，请你离开望月小筑，求你，求你……"

他抓着她的手,她却拼命地挣扎着,整个人陷在一种紧张的精神状态里。努达海给她逼急了,突然间,他用双手捧住了她的头,就用自己的唇,堵住了她的嘴。

新月骤然间停止了一切的挣扎,她的脑中一片空白,什么都不能想了。只觉得,整个人化为一团轻烟轻雾,正在那儿升高、升高……升高到天的边缘去。奇怪的是,这团轻烟轻雾,居然是热烘烘的、软绵绵的。而且,还像一团焰火般,正在那高高的天际,缤纷如雨地爆炸开来。

像是过了几千几万年,那焰火始终灿烂。然后,他的唇从她的唇上,滑落到她的耳边:

"现在,我是说谎也罢,不是说谎也罢,如果你生病,我也逃不掉了!"

第六章

　　克善的病,来得急去得慢,但是,总算是过去了。

　　整个将军府,没有第二个人被传染,也算是不幸中之大幸。骥远对克善的生病,真是内疚极了,他总认为,都是去买生日礼物那天闯的祸。如果不是他纵容克善去吃小摊,大概也不会染上这个劳什子伤寒!总算上天庇佑,克善有惊无险。望月小筑这个疫区,终于又开放了。正如珞琳所说:"对家里的每一个人来说,都好像挨过了好几百年。"是的,确实好像过了好几百年。雁姬有些迷糊,有些困惑,怎么?一个月的闭关,竟使努达海变得好陌生,好遥远,确实像是来自另一个世界,另一个年代。

　　雁姬是个冰雪聪明的女子,有一颗极为细腻的心。和努达海结缡二十年,彼此间的了解和默契,早已达到水乳交融的地步。当努达海变得神思恍惚,心不在焉,答非所问,又心事重重时,雁姬就突然感到一种前所未有的紧张和压迫。

当努达海在床笫间，也变得疏远和回避时，雁姬心底的惊疑，就更加严重了。不愿相信，不能相信，不敢相信，也不肯相信……怎么可能呢？那新月年轻得足以做努达海的女儿啊！不但如此，她还是骥远的梦中人呀！努达海于情于理，都不该让自己陷入这种不义中去呀！

雁姬有满腹的狐疑，却不敢挑明。每天在餐桌上，她会不由自主地去悄悄打量着新月和努达海，不止打量新月和努达海，也打量骥远和珞琳。越看越是胆战心惊。新月的眼神朦胧如梦，努达海却总是欲语还休。骥远完全没有怀疑，只要见到新月，就神采飞扬。珞琳更是嘻嘻哈哈，拼命帮骥远敲边鼓。这一切，真让雁姬不安极了。

这晚，努达海显得更加心事重重，坐立不安了。他不住地走到窗前，遥望着天边的一弯新月发怔。雁姬看在眼里，痛在心里。有些话实在不能不说了：

"你给我一个感觉，好像你变了一个人！"

"哦？"他有些心虚，掉过头来看着她。

"我知道，"她静静地说，"这一个月以来，对于你是一种全新的经验，因为你这一生从没有侍候过病人。但是，现在克善已化险为夷，不知道你的心能不能从望月小筑中回到我们这个家里来呢？别忘了，你在你原来的世界里，是个孝顺的儿子，温柔的丈夫，谈笑风生的父亲，令人尊敬的主子，更是国之栋梁，允文允武的将相之材！"

这几句话，像醍醐灌顶似的，使努达海整个人都悚然一惊。"新月真是人如其名，娟秀清新，我见犹怜。"雁姬面不改色，不疾不徐地继续说道，"真是难为了她，比珞琳还小上好几个月，却这么懂事，这么坚强。将来，不知道是怎样的王孙公子才配得上她。我家骥远对她的这片心，看来，终究只是痴心妄想而已。和硕格格有和硕格格的身份和地位，我们家这样接待着他们，也得小心翼翼，就怕出错，你说是吗？"

努达海热腾腾的心，像是忽然间被一盆冷水从头淋下，顿感彻骨奇寒。是啊！新月比珞琳还小，新月又是骥远所爱，自己到底在做什么呢？他呆呆地看着雁姬，这才发现雁姬的眼光那么深沉，那么幽远，那么含着深意。他颤抖了一下，仿佛从一个迷迷糊糊的梦中惊醒过来了。

这天深夜，努达海辗转难以成眠。雁姬虽然合眼躺着，也是头脑清醒。三更之后，努达海以为雁姬已经睡熟了，竟再也控制不住自己，披衣起身，直奔望月小筑而去。他并不知道，他才离开房间，雁姬也立刻披衣下床，尾随他而去。

云娃看到努达海深夜来访，心中已经有些明白，这些日子，努达海和新月间的点点滴滴，云娃虽不是一清二楚，也了解了七八分。奉上了一杯茶，她就默默地退下了。努达海见闲杂人等都退开了，就对新月诚挚地、忏悔地、急促地说了出来："新月！我来向你忏悔，我错了！我犯了一个严重的错误！"

新月脸色发白，呼吸急促，她直勾勾地瞪视着他，一句话也不说。"那是不可以发生，不应该发生的，而我却糊里糊涂，莫名其妙地让它发生！我可以对你发誓，我一直想把你当成女儿一样来疼爱，我给你的感情应该和我给珞琳的是一样的，如今变成这样，都因为我意志不坚，毫无定力，彻底丧失了理性，才会发生的……不管我有多么想保护你，多么想安慰你，我都不可以在言语上失控，更不应该在举止上失态……"

新月听到这儿，泪水已冲进了眼眶，她的身子往后踉跄一退，脸色雪白如纸。她用带泪的双眸，深深地瞅着他，吸了口气说："你半夜三更来我这儿，就为了要和我划清界限？"

"听我说！"努达海心口一抽，心中掠过了一阵尖锐的刺痛，"有许多事，我们可以放任自己，有许多事却不可以放任！你对我来说，太美太好，太年轻太高贵，我已是不惑之年，有妻子儿女，我无法给你一份完美无缺的爱，既然我无法给，我还放任自己去招惹你，我就是罪该万死了！"

她打了一个寒战，眼睛一闭，泪珠就扑簌簌地滚落。

"不要说了！我都明白了！"她激动地喊着，"你又回到你原来的世界里去了，所有的责任、亲情、身份、地位……种种种种就都来包围你了。你放心，这一点点骄傲我还有，我不会纠缠你的！""你在说些什么呢？"努达海又痛又急，一把握住了她的手腕，摇着她说，"你如果不能真正体会我的心，你就让我掉进黄河都洗不清了！我现在考虑的不是我自己，是你啊！你的未来，你的前途，那比我自身的事情都严重，我爱一个人，不是就有权利去毁灭一个人啊！"

她的眼中闪耀出光彩来。

"你说了'爱'字，你说了你真正的'心'，够了！你是不是也该听我说两句呢？让我告诉你吧！我永远记得我们第一次见面，你骑着碌儿，飞奔过来，像是个天神般从天而降，扑过来救了我。就从那天起，你在我的心中，就成了我的主人，我的主宰，我的神，我的信仰，我情之所钟，我心之所系……我没有办法，我就是这样！所以，你如果要我和你保持距离，行！你要我管住自己的眼神，行！你要我尽量少跟你谈话，行！甚至你要我待在望月小筑，不许离开，和你避不见面，都行！只有一件事你管不着我，你也不可以管我！那就是我的心！"她定定地瞅着他，眸子中的泪，已化为两簇火焰，带着一种灼热的力量，对他熊熊地燃烧过来。"我付出的爱永不收回，永不悔改。纵使这番爱对你只是一种游戏，对我，却是一个永恒！"他瞪视着她，太震动了。在她说了这样一番话以后，他什么话都说不出口了。和她那种义无反顾比起来，他变得多么寒碜呀！他在她的面前，就那样地自惭形秽起来。在自惭形秽的感觉中，还混合着最最强烈、最最痛楚、最最渴望、最最心酸的爱。这种爱，是他一生不曾经历，不曾发生过的。他凝视着她，一动也不动地凝视着她，无法说话，无法思想，完全陷进一种前所未有的大震撼里。

　　门外，雁姬站在黑暗的阴影中，也陷进一种前所未有的大震撼里。一连好几天，雁姬不能吃，不能睡，她觉得自己病了，病得整个人都恍恍惚惚的。她这一生，从没有碰到过这样的难题，她完全不知道该如何去解决，只知道一件事，她恨新月！她一天比一天更恨新月！一个十七岁的小女子，在清纯与天真的伪装下，掠夺了她的丈夫，征服了她的儿子！这两个男人，是雁姬全部的生命啊！而且，这以后要怎么办？如果骥远知道了真相，他将情何以堪？雁姬不敢想下去，她被那份模糊的、朦胧的、"来日大难"的感觉给吓住了。

三天后，雁姬振作了起来，进宫去和皇太后"闲话家常"。这一"闲话家常"，新月的终身就被决定了。

从宫中回来，雁姬亲口把这个消息，告诉了全家人。在她心里，多少有些报复的快感。她抓着新月的手，笑吟吟地说："新月！恭喜恭喜！太后已经内定了一个人选，等你一除服，就要办你的终身大事了！"

"内定了一个人选？什么叫内定了一个人选？"骥远脱口就问了出来，惶急之色，已溢于言表，"是谁？是谁？"

"安亲王的长公子，贝勒费扬古！"雁姬镇定地说。

除了老夫人以外，满屋子的人，没有一个有好脸色。新月面孔立即变得雪白，一语不发。努达海身子蓦然一僵，像是被一根无形的鞭子给猛抽了一下。骥远是整个人都呆掉了，不敢相信地怔在那儿。珞琳更加沉不住气，冲到雁姬面前，气急败坏地问："怎么会突然说起这个？现在内定不是太早了吗？你怎么不帮新月说说？不帮新月挡过去呢？"

"傻丫头！"雁姬竭力维持着语气的柔和，"这是好事呀！女孩子家，迟早要嫁人的！你嫌早，人家说不定还嫌晚呢！太后完全是一番好意，把好多王孙公子的名字都搬出来选，我们讨论了半天，家世、人品、年龄、学问、仪表……都讨论到了，这才决定了费扬古，你们应该为新月高兴才对！垮着脸干什么？""你和太后一起讨论的？"珞琳一脸的不可思议，"你也参加了意见？你怎么糊涂了？要把她说给那个费扬古？"

骥远心里那份恼，就别提有多严重了。愤愤地看了一眼雁姬，重重地一跺脚，转身就奔出门外去了。珞琳嘴里大喊着："骥远！骥远……咱们再想办法……"跟着就追了出去。

老夫人看着这等状况，真是纳闷极了，她虽然对骥远的心事有些模糊的概念，却并不进入情况，她皱皱眉说：

"这些孩子是怎么了？一个个毛毛躁躁的！"

老夫人话没说完，新月已仓促地对大家福了一福，气促声低地说："对不起，我有些不舒服，我先告辞了！"说完，她不等老夫人表示，就扶着云娃，匆匆而去了。

雁姬默默地看着她，消失在回廊尽头。她挺直了脊梁，感到一股凉意，从背脊上蹿起，扩散到全身。她知道，珞琳和骥远，都对她气愤极了。这还不止，在她背后，努达海的眼光，正像两把利刃，在切割着她的背脊和她的心。

努达海回到了卧房，把房门一关，就对雁姬愠怒地开了口："这是你一手促成的对不对？是你怂恿太后指婚的，对不对？""怂恿？你这是在指责我吗？好奇怪，这个消息，除了额娘以外，似乎把每一个人都刺痛了！""因为每一个人都喜欢新月，就算要指婚，也不必这么迫在眉睫，赶不及要把她嫁出去似的……"

"坦白说，我是迫不及待！"雁姬头一抬，两眼死死地盯着努达海，"如果不是碍于丁忧守制，我就要怂恿太后立刻指婚，免得留她留出更大的麻烦来！"

"你是什么意思？有话明说，不要夹枪带棒！"

雁姬狠狠地看着努达海，心中的怒火，迅速地燃烧起来。

"你当真以为装装糊涂，摆出一脸无辜的样子，说几句莫名其妙的话，就算是天衣无缝了吗？"

努达海震动着，定定地回视着雁姬。两人的眼睛里都冒着火，瞬息间已交换了千言万语。

"你都知道了？"他喑哑地问。

"是！我都知道了！"她悲愤地喊了出来，"那天深更半夜，你夜访新月，我跟在你后面，也去了望月小筑，所以，我什么都知道了！"努达海一震，睁大了眼睛，瞪视着她。

"既然你都听见了，你应该知道，我去那儿，就是为了要做个了断的！""结果你了断了吗？"她咄咄逼人地问，"如果了断了，今天为什么还会刺痛？为什么还会愤怒？为什么还要气势汹汹地来质问我？她有了一个好归宿，你不是该额手称庆吗？不是该如释重负吗？你痛苦些什么？你告诉我！你生气些什么？你告诉我！""既然你已经把我看透了，你还有什么好问？"他恼羞成怒了，"你应该明白，我不想让这个情况发生，但是，它就是发生了，我也矛盾，我也痛苦啊！"

"痛苦？"她厉声地喊，"你了解什么叫真正的痛苦吗？时候还没到呢！等到额娘发现这位高贵的格格被你侵占，当珞琳发现她视同姐妹的人是你的情人，当骥远发现他最崇拜的阿玛居然是他的情敌，当皇上和皇太后知道你奉旨抚孤，竟把忠臣遗孤抚成了你的禁脔，那时候，你才会知道什么叫痛苦！到那时候，还不是你一个人知道什么叫痛苦，是全家老小，包括你的新月，都会知道什么叫痛苦！"

这篇义正词严的话，把努达海给彻底击垮了。他踉跄地后退，手扶着桌子直喘气，额上，顿时冷汗涔涔。

"你知道吗？"雁姬继续说，"今天，皇太后其实很想把新月指给骥远，盘问了半天他们两个相处的情形，是我竭力撇清，才打消了太后的念头。"

努达海再一惊。"想想看，如果我完全不知情，我一定会促成这件事，如果她成了你的儿媳妇，你要怎么办？在以后的漫漫岁月中，你要怎么面对她和骥远？"

努达海额上的冷汗更多了，手脚全变得冰冷冰冷。

雁姬看他这等模样，知道他心中已充满了难堪和后悔，当下长长一叹，把脸色和声音都放柔和了，诚挚地、真切地说：

"我宁愿让骥远恨我，不忍心让他恨你！请你也三思而行吧！"她深深叹了口气，"你不是才十七八岁的人，你已经是所谓的不惑之年，人生的阅历何等丰富？经过的考验又何其多？你怎么可以让自己被这种儿女情长的游戏困得团团转？怎么可以用无法自拔来当作一个放任情感的借口？难道你要把一生辛苦经营、血汗换来的名望和地位都一齐砸碎？"她的声音更加温柔了，"就算你不在乎名望和地位，你也不在乎额娘、儿女和我吗？"她紧紧地注视他，"结缡二十载，你一开始，是我英气勃勃的丈夫，然后，你成为我一双儿女的父亲，年复一年，我们一同成长，一同蜕变，往日的柔情蜜意，升华成今日的情深意重，我心里爱你敬你，始终如一！请你不要毁了我心目中那个崇高的你！"

努达海看着雁姬，她眼中已聚满了泪。在她这样诚挚的、委婉的诉说下，他的眼眶也不禁湿了。此时此刻，心悦诚服，万念俱灰。他从桌边猛地转过身子来，往屋外大踏步走去，嘴里坚定地说道："我这就去做一个真正的了断！"

他直接就去了望月小筑。

"新月！"他不给自己再犹豫的机会，开门见山地说，"让我们挥慧剑，斩情丝吧！"

她抬起头，痴痴地看着他，郑重地点了点头。什么话都没说，她从怀中掏出了一张短笺，默默地递给了他。他打开一看，上面写着短短两行字：

　　有缘相遇，无缘相聚，天涯海角，但愿相忆！
　　有幸相知，无缘相守，沧海月明，天长地久！

他把短笺用力地按在自己的胸口，觉得那上面的每一个字，都像一块烙铁，烫痛了他的五脏六腑。

新月没有再看他，她掉转身子，径自走了。

第七章

骥远生了一整天的闷气，弄不明白自己的亲娘怎么不帮自己。他实在是太生气了，太不甘心了。而珞琳，却在旁边不住地怂恿："现在只是内定，还没有铁定！这事还有转机！只要新月到太后面前去说说悄悄话，我想，什么费羊古费牛古的都得靠一边站！所以，事不宜迟，把那些尊严啦，骄傲啦，面子啦，害臊啦……都一齐丢开，我陪你找新月去！"

如果不去找新月，骥远的挫败感还不会有那么强烈，受到的伤害还不会那么严重，他们却偏偏去找了新月！他们到望月小筑的时候，努达海才刚刚离去。新月正是肝肠寸断、痛不欲生的时候。她泪痕未干，神情惨淡，那种无助和那种无奈，使珞琳和骥远都有了一个铁般的证明，新月不要那个"指婚"！于是，珞琳激动地抓住新月说：

"与其在这儿哭，不如想出一个办法来！你瞧，你已经是我们家的一分子了！我说什么也舍不得你嫁到别家去！我现在只要你一句话,你也别害臊了,你对骥远到底是怎样?"

新月惊慌失措地看着珞琳,简直不知道该如何是好。骥远见珞琳已说得这么坦白,也就豁出去了,往前一站,他急急地说:"新月,事关我们的终身幸福,你可以争取,我也可以争取!假若我在你心里有那么一丁点地位,你就明白告诉我,我去求额娘,再进一次宫,再去和太后商量商量!"

"不不不!"新月仓促地后退,脸色更白了,眼中盛满了惊恐,"你……你……你……我……我……我……"她苦于说不出口。"别你你你我我我了!"率直的珞琳喊着说,"你的眼泪已经证明一切了!你分明就是舍不得我们家,不是吗?"

"那当然……""那么,"骥远眼里闪着光彩,迅速地接了口,"你这个'舍不得'里,也包括我吗?"

"我现在心情很坏,我们能不能不要谈这个?"新月近乎哀求地说。"怎能不谈呢?"骥远焦灼地说,"已经火烧眉毛了,你还不急?""是啊!"珞琳接口,"你只要说出你心里的意思,我们也不要你出面,我们自会处理!"她迫切地摇了摇新月的胳臂,"你就承认了吧!你是喜欢我哥的,是不是?是不是?"

新月睁大了眼睛,张大了嘴,在那一瞬间,已经明白过来,如果自己不快刀斩乱麻,这事会越来越麻烦,给骥远的伤害,只会越来越重。她一横心,冲着骥远就叫了起来:"你们饶了我好不好?不要自说自话,给我乱加帽子好不好?我承认,这大半年来,我住在你们家,我确实把你们当作我自己的家人一般来喜爱,但是,除此以外,我对你,并无男女之情，行了吗？行了吗？"

"或者你自己也弄不清楚呢？"珞琳急切地说，"我们并不是来质问你有没有心怀不轨呀！就算你喜欢我哥，也是人之常情，不必有罪恶感呀，男未婚女未嫁嘛……"

"我说了我喜欢吗？"新月急了，泪水就夺眶而出，"我要怎么样才能让你们明白呢？我……我……"她瞪视着骥远，终于冲口而出，"不管太后指不指婚，我和你之间，根本没有戏可唱，现在没有，以后也永不会有！"

骥远瞪大了眼睛，简直不相信自己所听到的。然后，他掉转身子，像头负伤的野兽般，跌跌撞撞地就奔出门去。一路上乒乒乓乓，带翻了茶几又撞翻了花盆。珞琳这一来太伤心了，掉着眼泪对新月一吼：

"你为什么要这么残忍嘛？为什么要这样说嘛？就算你真的不喜欢他，你难道不能说得委婉一些吗？但是，我们明明相处得这么好，你居然不要骥远，宁可要那个和你素昧平生的费扬古吗？你气死我了！你莫名其妙！"吼完，她一跺脚，转过身子，又冲出门去追骥远了。

新月筋疲力尽地倒进椅子里，用双手痛苦地抱住了头。云娃和莽古泰默默地在门外侍立，谁也不敢进来打扰她。

事情并没有完，骥远当晚就把自己灌得烂醉如泥，惊动了老夫人、努达海、雁姬和全家。珞琳想来想去，认为新月不可能对骥远那么无情，这里面一定有文章，八成是雁姬作梗。她心直口快，竟跑去质问雁姬，是不是她授意新月来拒绝骥远的。雁姬一听，气得几乎当场厥过去，在盛怒之下，忍无可忍,拉着珞琳就直奔望月小筑。见到新月,她立刻气势汹汹地问:"你对珞琳说清楚,是不是我要你拒绝骥远的?"

新月被她这样一凶,已经惊慌失措,往后退了退,她惶恐地说了句:"这……这话从何说起?"

"你问我从何说起?我还要问你从何说起!"雁姬怒气腾腾地说,"我们这一家人,痴的痴,傻的傻,笨的笨……才会弄到今天这个地步!骥远的不知天高地厚,自有我做娘的来教训他,你何必出口伤人?"

"我……我……"新月嗫嚅地说,"我没有恶意,伤害他,实非所愿,是迫不得已。如果今天不伤害他,只怕以后还是要伤害他,我真的不知道该怎么办。对不起,请你们不要生气了!""迫不得已!好一个迫不得已!"雁姬咽着气说,"你如此洁身自爱,如此玉洁冰清,我们家都是些祸害,真怕有损格格清誉!我看我们家这座小庙,供不了你这个大菩萨了!"

"我懂了!"新月脸色惨白,浑身颤抖,"我明天就进宫去见太后,一定尽快迁回宫里去!"

"额娘!"珞琳惊喊着,"为什么要弄得这么严重嘛?"

"进宫去向太后告状吗?"雁姬逼视着新月,"你又何必这样将我的军呢?你明知道,你贵为和硕格格,我们奉旨侍候,本就小心翼翼,生怕出错。这会儿你要迁回宫里,你让太后和皇上怎么想咱们?难道我们这样尽心尽力,还要落一个侍候不周吗?"从不知道雁姬有这样的口才,更不知道她会这样地咄咄逼人。新月怔住了,被堵得一句话都说不出来。心底是明白的,雁姬的世界里,已不容许自己的存在。她还来不及回答，站在一边的云娃已沉不住气，冒出一句话来：

"那么，依夫人的意思，是想怎么样呢？"

"这座望月小筑里，楼台亭阁，一应俱全，吃的用的，一概不缺。不知道格格对这儿还有什么不满意？"雁姬迅速地回答。"好……"新月立刻接话，因为心情太激动了，便控制不住语音的颤抖，"我现在才真正明白了，从这一刻起，我会待在望月小筑，和你们全家保持距离！除非是有重要的事，否则，我不出这座园门，行了吗？"

"太疯狂了！"珞琳喊，"怎么可以呢？"

"就照格格的意思办！"雁姬大声说，"饮食起居，我自会派人前来料理！""岂有此理！"莽古泰忍无可忍地往前一吼，"凭什么这样对待格格？叫她禁闭？这太过分！有本事，你们管住自己家的人，让他们一个个都别来骚扰格格！"

雁姬的脸色，骤然间由红转青，难看到了极点。

新月立刻回头，怒瞪着莽古泰，用极不平稳的声音，愤愤地喊："莽古泰！你好大胆，这儿有你开口的余地吗？你给我跪下掌嘴！""喳！"莽古泰扑通一跪，就左右开弓地打自己的耳光。他是个直肠子的人，想不清事情怎么会变成这样。他为新月抱屈，却苦于没有立场说话，更气新月，不敢说出真相，宁可自己受辱！他把这份委屈和不平，干脆一下下都招呼在自己身上，下手又狠又重，打得两边面颊噼里啪啦响。

新月眼中迅速地充泪了。雁姬冷哼一声，看也不想再看，转身就走。珞琳糊里糊涂，激动得不得了，跺着脚说：

"怎么会弄成这个样子呢？怎么会发这么大的脾气呢？

怎么会这样没缘分呢?怎么每个人都这么奇奇怪怪呢?我不懂,我不懂每一个人了……"克善从里间屋内走出来,见状大惊,奔过去就抱住莽古泰的手,哭着喊:"为什么要打我的师父呢?姐!姐!你为什么要处罚莽古泰呢?他是我的嬷嬷爹呀!"

新月的泪,顿时如雨点般,滚滚而下了。

从这一日起,新月就把自己封闭起来了。她几乎足不出户,只有在极端苦闷的时候,才骑着碌儿,去郊外狂奔一场。莽古泰总是默默地跟着她,远远地保护着她,却不敢惊扰她。

努达海拼命控制着自己,不去望月小筑,不去看新月,不去过问新月,只是,无法不去想新月。还好,人类有这么一个密室,是别人没办法窥视的,那就是内心。努达海就在自己的"密室"里,苦苦地思念着新月。新月把自己囚禁在望月小筑里,努达海也把自己囚禁在那间密室里。一个迎风洒泪,一个望月长吁,两人中只隔着一道围墙,却像隔着一条天堑,谁也无法飞渡!

冬天,对努达海全家人和新月来说,都是缓慢而滞重的,是一天天挨过去的。然后,春天来了。新年刚刚过去,骥远被皇上封了一个御前侍卫,开始和努达海一起上朝。父子同时被皇上所器重,努达海的声望,如日中天。接着,太后的懿旨就到了。一切的隐忧都成事实:新月被指婚给了费扬古,同时,骥远和珞琳,都被指婚了。骥远未来的新娘是固山格格塞雅,珞琳未来的丈夫是贝子法略。

懿旨颁发的第二天,努达海带着新月、珞琳和骥远去宫中谢恩。这是努达海好几个月来第一次看到新月。新月的孝服已除,穿着一件大红色的衣裳。胸前,戴着她从不离身的新月项链。她薄施脂粉,珠围翠绕,端端正正地坐在马车中,简直是沉鱼落雁,闭月羞花。

谢完了恩,四个人坐着马车回府,个个都是心事重重。新月低垂着头,心里是翻江倒海,脸上是毫无表情,坐在那儿像个石像,一动也不动。努达海见新月这种样子,自己就心如刀割,百感交集。情怀之激荡,心绪之复杂,简直不知该如何自处。骥远看着新月那份出尘的美丽,想到她即将嫁给费扬古,真是又妒又恨。珞琳想到当初四个人一起骑马出游,还恍如昨日,不料聚日无多,难免就倍感伤情。这样,四个人都静悄悄的。车轮辘辘,真是碾碎了每一个人的心。

忽然间,骥远在一个冲动下,对新月说:

"你禁闭数月,关防严格得连只苍蝇都飞不进去,这样玉洁冰清地守着,终于等到了懿旨,应该是苦尽甘来,飞雀出笼一般地开心,是不是?"

新月震动地抬了抬眼睛,苦涩至极地看了骥远一眼,简直不相信这是她所熟悉的那个骥远。

"骥远!"珞琳喊,"别把你心里的不痛快,转嫁到旁人身上去!""不痛快?我有什么不痛快?"骥远冷哼了一声,"指给我的,好歹也是位格格呢!"

"骥远!"努达海脸色铁青,声音中透着愠怒,"你闭嘴!"

"难得有这个机会,我要向新月道歉!"骥远不肯停嘴,"人家在咱们家里住了将近一年,倒有一大半儿时间给关着!

前面是为了克善的伤寒,后来是为了躲我这个瘟疫,我实在于心不安呀……"骥远话还没说完,努达海猛然一脚砰地踹开了车门。

大家都吓了好大一跳,努达海已探身出去,对车夫大叫着:"停车!阿山!停车!"

阿山急急地停下车子,不知发生了什么大事。

努达海一把揪住了骥远胸前的衣服,怒吼着:

"你给我下车!到前头去跟阿山一块儿坐!"

骥远气坏了,一边跳下车子,一边怒气冲冲地喊了一句:

"我哪儿都不坐,我走开,免得惹你们讨厌!"

喊完,他就头也不回地冲向大街,消失了踪影。

马车继续往前走。这下子,车上的三个人更是默默无语。

好不容易,到家了。新月回到了望月小筑,就匆匆地摘下了头上的扁方,换掉了脚下的花盆底,然后直奔马厩。跳上碌儿,她一拉马缰,就向郊外狂奔而去。她心中所堆积的郁闷,快要让她整个人爆炸了。她策马疾驰,一阵狂奔,不知道奔了多久,也不知道奔向了何方。终于,她发泄够了,累了,勒住了马,她才发现自己正置身在一片荒林里。

她仰头向天,骤然间,用尽全身的力气,对着天空大叫:

"努达海!努达海!努达海!努达海……"

叫到声音哑了,无声了,她垂下了头。忽然觉得身后有某种声息,某种牵引着她的力量……她蓦然回头,看到努达海正直挺挺地骑在马背上,双眸如火般地,一瞬不瞬地注视着她。他们两个人对看着,天地万物,在此时已化为虚无。

什么都不存在了，他们只有彼此。他们就这样对视着，对视着，对视着……然后，两人同时翻身落马，奔向了对方，紧紧地拥抱在一起。像火山爆发，像惊涛拍岸，像两颗星辰的撞击，带来惊天动地的震动，也带来惊天动地的火花。两人的唇紧紧地贴着对方，狂热而鸳猛地辗转着。努达海一边吻着她，一边痛楚地低喊："啊！我要怎样才能逃开你？我要怎样才能不爱你？我是身经百战的人呀，但这几个月来，我和自己的战争，竟战得如此辛苦和惨烈！我该怎么办？靠近你我会粉身碎骨；远离你，我也会粉身碎骨！"三天后，努达海自动请缨上战场，去巫山打夔东十三家军。巫山地势奇险，十三家军骁勇善战，清军已屡战屡败。前一任的绵森将军阵亡，全军覆没。努达海的自告奋勇，使皇上大为感动，封努达海为定远大将军，三日后就率兵出发了。

第八章

　　努达海这次自动请缨,有两个人的心都碎了。一个是雁姬,一个是新月。在努达海走以前,雁姬和新月,都分别和努达海有一番谈话。雁姬是又气又怨,又妒又恨,又怕又怄,却依旧忍不住又悲又痛。摇着努达海,她激动地嚷着:

　　"你宁可去死,也不愿眼睁睁看她成为别人的新娘,对不对?你是被这份荒唐的感情,逼得无处藏身,无处可逃,这才请缨杀敌,对不对?你存心想去送死,想去自杀吗?你跟我说个清清楚楚,让我知道你还会不会回来!"

　　努达海悲哀地看着雁姬,沉痛而真挚地说了:

　　"我对不起你!事到如今,我如果不诚实地说出心里的话,我就更对不起你!没有错,我被这段感情折磨得心力交瘁,你的苦口婆心,我也全都辜负,走到这个地步,我心中最大的痛苦,并不是因为得不到新月,而是因为她的苦,你的苦,骥远的苦,你们三个人的苦,就像一片流沙,而我就陷在这片流沙里,我愈是挣扎,就愈是往下沉,可我并不愿意就此没顶,我还想求生,所以请缨杀敌,不是送死,不是自杀,它是一条绳索,可以把我拖离那片流沙!"他深深地凝视她,"当我打赢了这一仗,我会重新活过,置之死地而后生的我,会是一个全新的我!让我用那个全新的我回来见你吧!"

雁姬怔在那儿,整个人都震撼住了。心底有一句话:如果你打输了呢?在这离别前夕,这种不吉利的话,却怎样都说不出口。新月对努达海,是比雁姬强烈多了。屏退了所有的人,她就一步上前,用充满哀求的眼光,紧紧地看着他,用颤抖的声音,急切地说:"我错了,我再也不引诱你了!好不好?你以后不用躲避我,不用逃开我,我来躲避你,逃开你……好不好?好不好?只求你,不要去打这一仗!请你告诉我,我要怎样做,可以不让你粉身碎骨!请你告诉我!"

"别傻了,"他喉咙中哑哑的,"我不会粉身碎骨,我会活着回来!这个战争可以使我脱胎换骨,突破困境,这是拯救我,也是拯救你,不让我们一起毁灭的办法,你懂吗?"

"不懂!不懂!"她拼命地摇头,泪水爬了满脸,"我只知道你要去一个最危险的地方,我不要你去!我不让你去!"她的手勾住了他的脖子,望进他眼睛深处去,"你去了,你要我怎么办?""太后会把你接回宫里,过不了多久,你就……嫁了!"

"你非去不可吗?""是!"他坚定地说,"天皇老子也阻止不了我!"

新月昏昏沉沉地看着他,眼中的哀苦,骤然化为一股烈焰。她的手用力一勾,他不由自主地弯下身子,她踮起脚尖,就把火热的唇,紧紧地贴住了他的。努达海立刻伸手,想把她拉开,但是,手伸上来,却变成了拥抱。他意乱情迷,融化在她那如火般的热情里。半晌,他突然醒觉,奋力地挣开了她,他喘息地说:"你才说过,再也不引诱我……"

"我没有引诱你,我用我的整个生命来爱你,是非对错,我已经顾不得了!你要去打这一仗,我无力阻止,我的心我的情,你也无力阻止!""请你停止再说这些话,字字句句,你会撕碎我,毁灭我!毁了我也就算了,可是,你呢?当初一手救了你,今天不能再一手毁了你!你知道,在战场上,我是将军;在情场上,我只能做个逃兵!这个逃兵让我自己都厌恶极了,所以我要上战场去,去面对那个我熟悉的战场。我走了,如果你能体会出我心里的百回千折,就请你为我珍重!"

说完,他不等她再有说话的机会,就转过头,大踏步地走了。努达海带着大军,离开北京城那天,新月骑着碌儿,跟着大车追了好长一段路。最后,明知不能再追下去了,她只有勒住马,停下来,眼睁睁看着那大队人马,浩浩荡荡地走远……走远……走远……直至变成了一团烟雾,消失在路的尽头。她的心,也化成了烟,化成了雾,追随他而去了。

接下来,是一段可怕的、等待的日子。

一个月以后,骥远每天从朝廷上,开始陆陆续续地带回努达海最新的消息,这些消息一天比一天坏,一天比一天揪紧了大家的心。"据说,阿玛的大军,十天前在天池寨落败,折损了很多人马!""今天有紧急奏折发到,阿玛和十三家军,首战于天池寨失利,接着,又于巫山脚下,激战七日七夜,副将军纳南阵亡,阿玛的三万大军现在仅剩了数千人,退守于黄土坡一带,等待支援……""今天又有紧急军情发到,说阿玛等不及援军,又率兵攻上巫山去了!""听说阿玛已被十三家军,逼进了九曲山山谷中,情况不明……"努达海全家的人,自是人人慌乱,每天忙着打探军情。大家都又是紧张,又是害怕,新月却已魂不守舍了。每夜每夜地站在楼头,遥望天边,担忧和恐惧使她几乎要崩溃了。就在此时,太后的懿旨又到了,要新月和克善回宫,准备出嫁。

新月在回宫的前夕,留下了两封信,一封写给努达海的家人,一封写给太后。然后,她卸下钗环,轻骑简装,带了一个小包袱,就要去巫山找努达海。云娃和莽古泰吓坏了,苦苦相劝,拦住门不许她走。新月激烈地说:

"今天谁要拦我,谁就是要害死我!我要去找努达海的心意已决!不让我去,你们就拿刀来杀了我吧!要不然,我自行了断也成!阿玛留给我的匕首还在!"说着,她拔出匕首,就要抹脖子。两人见新月已经豁出去了,再难劝阻,立即做了一个决定。云娃留下来,照顾克善进宫。莽古泰随新月去,保护新月赴巫山。新月还不肯,坚持地说:

"你们两个的小主子是克善,你们给我好好地保护克善,我把他交给你们了!我不需要保护……"

"除非格格踩着奴才的尸体出去,否则奴才不可能让格格一个人走！格格要去找努大人是尽格格的心，奴才要护送格格是尽奴才的心！"莽古泰意志坚决地说，"何况小主子明日就进宫，有皇上太后顶在那儿，他比谁都安全。"

"罢了！"新月投降了，"要跟着我去就快走！"

新月往门外奔去，莽古泰急追在后面，云娃心都碎了。奔上前去，她拉着莽古泰的手，真情流露地说：

"请你好好保护格格，也好好保护你自己，求求你们活着回来，格格还有克善，你，还有我啊！"

莽古泰震动地看了一眼云娃，一句话也来不及说，就掉头紧追新月而去了。就这样，新月带着莽古泰，披星戴月，餐风饮露，跋山涉水，夜以继日地奔赴巫山去了。不管她给骥远他们留下了多大的震撼，也不管她给太后留下了多大的震惊。她就这样不顾一切地去了。她留给太后的信很长，几乎把整个故事，和自己那千回百转的心情，都全盘托出了。留给骥远他们的信，却只有寥寥数字："请原谅我，我必须去找努达海，和他同生共死！"

努达海一生没打过败仗，但，这次和夔东十三家军的战争，却一败涂地。这天，他的部队，只剩下几百人了。这几百人中，还有一半都身负重伤。努达海自己，左手臂和肩头，也都受了轻伤。前一天晚上，他还有三千人，却在一次浴血战中，死伤殆尽。这天，他站在他的营帐前面，望着眼前的山谷和旷野，真是触目惊心。但见草木萧萧，尸横遍野。

努达海的心都冰冷了。罪恶感和挫败感把他整个人都撕裂了。这些日子以来，他眼看着身边的弟兄们一个个地倒下，眼看着成千上万的人死于血泊之中。虽然不是生平第一次了解到战争的可怕,却是生平第一次,体会到败兵之将的绝望。这是一个残酷的世界,这是一个悲惨的人生。而他,是一个"死有余辜"的将军。

他站在那旷野上,手中提着他的长剑。从古至今,战败的英雄都只有一条路可走,"一死以谢天下"!朔野的风,呼啸地吹过来,带着一股肃杀的气息。迎风而立,一片怆然。不自禁地想起了项羽自刎于垓下的惨烈。"七十二战,战无不利,忽闻楚歌,一败涂地!"这不就是努达海的写照吗?想到项羽,就想到虞姬,想到虞姬,就想到新月。"虞姬虞姬奈若何?"新月新月可奈何!他仰天长叹,手握剑柄,长剑出鞘。在他身后,他的亲信阿山带着一群劫后余生的弟兄,全体匍匐于地。大家齐声喊着:"将军!请三思而行!"

还有什么可三思的?他回头看着众人,坚决地说:

"你们统统退下!"没有人要退下,阿山凄厉地喊:

"将军请珍重,胜败乃兵家常事!留得青山在,不怕没柴烧呀!""是啊!是啊!"众人哀声地喊着,"咱们还可以卷土重来呀!"努达海什么都不要听,举起了手中长剑,正要横剑自刎时,却忽然听到一个好遥远好熟悉的声音,从天的那一边,清澈地、绵邈地、穿山越岭地传了过来:

"努达海!努达海!努达海!努达海……你在哪里啊?努达海……我来了……我是新月啊……"

努达海的剑停在空中,无法相信地抬起头来,对着那声音的来源,极目望去。虞姬虞姬奈若何?新月新月可奈何?

怎样荒唐的幻想！但是，他蓦然全身大震，只见地平线上，新月骑着碌儿，突然冒了出来，她正对着营地的方向，策马狂奔而来。在她身后，紧追着另外一人一骑，是莽古泰！

"新月格格！新月格格！天啊！是新月格格来了！"阿山已脱口惊呼。那么，不是幻觉了？那么，是新月真的来了？努达海睁大了眼睛，努力地看过去。新月的身影已越来越明显，新月的声音已越来越清楚："努达海……努达海……努达海……"

"哐当"一声，努达海手中的长剑落地，他立即像一支箭一般地射了出去，奔跑中，看到旁边的一匹战马，他跃上马背，疯狂般对着新月冲去。嘴里忘形地狂呼：

"新月……新月……新月……"

两匹马彼此向对方狂奔，越奔越近……越奔越近……在这片杀戮战场上，他们像两团燃烧的火球般向彼此滚去。终于，他们接近了，相遇了，两人同时勒住了马，马儿在狂奔后陡然停止，都仰首长嘶，从鼻子里重重地喷出热气来。新月和努达海也都重重地喘着气，大大地睁着眼睛，痴痴地望着对方。好久好久，他们就这样相对凝望，谁都不敢眨眼，生怕一眨眼，对方就不见了。然后，从新月眼中，滚落了一滴泪，这滴泪的坠落，竟石破天惊般震醒了努达海。他喉中发出一声低喊："新月！"整个人就翻身落马。

努达海一落马，新月也跟着滚下马背，什么话都不用说了，两人眼中就是"无限"，这一刹那就是永恒。他们紧紧相拥，都恨不得把自己的全身全心，都融进对方的臂弯里。他拥着她，吻着她，紧紧地箍着她，他已顾不得自己身上的伤口，每一下的痛楚都证明臂弯里是个真实的躯体，于是，每一下痛楚都带来疯狂般的喜悦。

这晚，在努达海的帐篷中，新月把那个完完整整的自己，毫无保留地交给了努达海。她说：

"我们已经没有明天了，对不对？"

是的，没有明天了。一个是败兵之将，无颜见江东父老；一个是情奔之女，再也谈不上玉洁冰清。两人心中都那么明白，今夜，是他们从老天那儿偷来的一夜，也是他们仅有的一夜。他对她深深点头，她投进了他的怀里。

"让我们彼此拥有，彼此奉献吧！今夜，就是咱们的一生一世了！我一路追过来，脑子里只有一个念头，但求能这样活过一天，我死而无憾了！"

他拥住了她，泪水，竟夺眶而出。他那么深深地悸动着，连言语都是多余的了。他又吻住了她，从她的唇，到她的脖子，到她的胸膛……他的吻，一直与泪齐下。这一夜，他们彼此付出也彼此拥有，两人都不是狂猛的激情，而是向对方托出了最最完整的自己，和整颗最最虔诚的心。

当天空蒙蒙亮的时候，努达海微微地动了动身子，这一动，新月立刻就惊觉到了，她从他臂弯中抬起头来，询问地看了他一眼。她接触到他那深沉的眼光，读出了里面的言语。于是，她披衣起身，束好自己的头发，整理好自己的衣裳。然后，默默地走到努达海的盔甲旁，她郑重地拿起那把长剑，走向了努达海。努达海站起身子，眼光始终无法从她的脸上移开。他看着她的一举一动,看着她的每一个眼神,和每一个微笑。是的,她在笑。她的唇边,漾着那么幸福、那么满足、那么温存,又那么视死如归的笑。使他的心,因这样的微笑而绞痛起来。她停在他面前了,举起了长剑,她静静地说:

"让我先死好吗?请你帮我,让我死在你的剑下吧!"

努达海接过了剑,眼光仍然无法从她的脸上移开。他看了她好一会儿,这么年轻,这么美丽的脸庞!这么热烈,这么坚强的心!他的每个思维,每份感情,都为她而悸动着。这样的女人,会让人愿意为她生,为她死,为她付出一切的一切。"好!"他点了点头,"别怕,我下手会很快的,不会让你有太多的痛苦!"他咬咬牙,拔剑出鞘。

她仰起头,闭上了眼睛。她唇边的笑意更深了,甜蜜而微醺的。她的面颊红润,睫毛低垂,整个人像是浸在浓浓的酒里,芬芳而香醇。他看呆了,看傻了,手里的剑竟迟迟不能下手。"怎么了?"她的睫毛扬了扬,清澄如水的双眸对他瞬了瞬,"下手吧!我们来世再见了!"她又把眼睛闭上了。

他注视着那张脸,注视着那美好的颈项。举起了剑,却感到那把剑有几千几万斤重。他咬牙再咬牙,就是无法对那细致的肌肤刺下去。她才只有十八岁呀!为什么该陪着他去死呢?他的手开始颤抖,意志开始动摇。一旦意志动摇,不忍的感觉就像海浪般排山倒海地卷过来。他再也握不牢那把剑,"当"的一声,长剑竟落在地上。

她被长剑落地的声音惊醒了,再度睁开眼睛,她立即了

73

解了。"你下不了手是不是?"她说,"你不忍心,舍不得?好,我不为难你,我自己来!"说着,她扑下去就拾起了剑,一横剑就往脖子上抹去。他想也没想,一伸手就夺下了那把剑。

"新月!"他喊着,"你不能死!一定一定不能!你的生命几乎才刚刚开始,你怎么能陪着我一起死?不行不行!你得活着,老天创造了如此美好的一个你,绝不是要你这样糟蹋掉的!""可是我失去了你,是无法独活的!"她情急地说,"难道你还不了解吗?我连克善都丢下了,我什么都不顾了,就是要和你同生共死的!"她忽然用双手攀住了他,眼中闪出了希冀的光彩,喘了口大大的气,急切地说:"要不然,你也不死,你陪我活着!我们活着,注定要受苦,注定要受惩罚,但是,我们至少会拥有彼此,"她越说越激动,"你要我活,就陪我一起活!我有勇气追随你一起死,你难道没有勇气和我一起活吗?""不可以!"他叫了起来,"不能再用这样的话来诱惑我!你活下去,是天经地义,我活下去,是苟且偷生!"

"那么,就为我苟且偷生吧!"她喊,"偷得一天是一天!偷得一月是一月,偷得一年是一年!偷不下去的时候,我们再一起死!""不行!一定一定不行!"他挣扎着说,内心开始交战。

"反正,你活,我跟你活!你死,我跟你死!要活要死,我都听你的!""你不能这样缠住我……"

"追你到沙场,我早就缠你缠定了!"

"新月！"他的声音沙哑，"对我而言，现在死比活容易！死了，一了百了，活着，要回去面对朝廷，面对家庭，面对各式各样的难题，那才真正需要无比的勇气！"

她抬起头，恳切地看着他。

"或者，自杀并不是一种荣光，它说不定也是一种罪孽，一种怯懦，一种逃避。我们已经走到这一步了，谁也抛不开谁了，是不是？或者，我们应该接受一下考验，去面对我们的未来。或者，生命是不应该轻言放弃的……如果你觉得我的生命可贵，同样的，我也觉得你的生命好可贵啊！我们……"她认真地、怀疑地问，"一定该死吗？可以不死吗？"

他凝视着她，好久好久，终于长长一叹。

"好！让我们活着来接受煎熬吧！让我们一起来面对那重重难关吧！或者，这也是天意如此！新月，你要有心理准备，活下去，我们说不定会生不如死！会受苦受折磨！"

"我想那是我们应该要付的代价！我有勇气来面对，你呢？""我还能说什么呢？"他拥住了她，"为了你，为了我们那许许多多个明天，我不能再逃避了！面对如此勇敢的你，我又怎能做第二次的逃兵？好！新月，就这么决定了！我知道我们已经万劫不复了！勇敢地去面对吧！"

他们两个，紧紧地相拥着。帐篷外，默默伫立的阿山和莽古泰，长长地松了口气。

第九章

努达海带着新月回北京，是一件震动了整个京城的大事。所有的文武百官、亲王显贵，以至茶楼酒肆，街头巷尾，都在谈论这件稀奇的"艳闻"。尤其是，努达海居然打了败仗，这是不是象征着红颜祸水呢？而新月，贵为一位和硕格格，竟然不顾指婚，不顾礼教，毅然为情，狂奔天涯，真是不可思议！就在整个京城沸沸扬扬地喧腾着"海月事件"时，新月已被皇太后留置宫中，详查真相。并责令努达海先行回家，以有罪之身，等待判决。努达海这次回家，和以前的衣锦荣归，实在是天壤之别。虽然努达海全家，在老夫人的命令下，都勉为其难和以前一样地迎接着他，但是，雁姬的幽怨，骥远的悲愤，和珞琳的失望……都不是可以掩饰的。连老夫人都尴尴尬尬，不知说什么好。家庭里的空气是冰冷的、僵硬的，充满敌意的。晚上，当努达海和雁姬单独相处时，努达海再也无法保持沉默了，他凝视着雁姬，用充满歉意的口吻，坦白而坚定地说：

"听着，雁姬，我知道你怨我恨我，并抱着一线希望，我会回头。可是，我已经无法回头了！太后把新月留置宫中，用意不明，说不定要劝新月回心转意，也说不定赐她一条白绫，所以，我明天就要进宫，为新月的未来去争取，我要定她了！"

雁姬震动地后退了一步，脸色惨白，眼神悲愤已极。

"我想，你不可能了解我和新月间的一切，更不可能谅解这一切，但是，我仍然祈求你能够接纳新月！"

"你什么都不管了？"她怨恨地问，"你连骥远的感觉也不管了？""我管不着了！"他深抽了口气，"当我站在血流成河，尸横遍野中，觉得天不容我，地也不容我的时候，却听见新月的呼唤声，看见她骑着碌儿向我飞奔而来，你不能想象那对我是怎样的一种震撼，在那一刻，天地化为零。我眼前只有她那一个身影，她变得无比地巨大，充满我那荒寂的世界。"他抬眼看她，眼中盛满了忧伤和痛楚，"我再也无法放掉她，即使我会让儿女心痛，让你心碎，我也无可奈何！雁姬，请你原谅！"雁姬听不下去了，她无法站在这儿，听她的丈夫述说他对另一个女人的爱情。她转过了身子，冲出了那间房间，脸上，爬满了泪。她知道，努达海战败了，自己也战败了。这场战争中，唯一的胜利者是新月。除非，太后能够主持正义，为她除去新月！只要新月另嫁，她或者还能收复失地，否则，她输定了。这样想着，她所有的希望都寄托在太后的身上了。三天后，皇上公布了对努达海的惩处：

"现在朝廷正在用人之际,良将难求,念在你是功臣的分上,不忍过责,所以从轻发落,这次的处分,就革去你一等侯的世职,免除太子少保衔,褫夺双眼花翎及黄马褂!今后,仍在朝廷任职,但愿你能戴罪立功!"

这样的发落,确实是从轻了。努达海匍匐于地,磕下头去:"臣叩谢皇上恩典!""至于新月,将由太后定夺!"

又过了数日,太后召见了雁姬和老夫人。

"这些日子来,新月的事,让我十分烦心,说来说去,都是你们的不是,奉旨抚孤,到底怎么抚成这等局面?新月已经向我坦承,她已委身努达海,并非完璧了!如此一来,我还能把她指给什么人呢?那费扬古都快被你们气死了!所以,我想来想去,只好削去她和硕格格的头衔,贬为庶民,把她给了努达海算了!"雁姬一听,面容惨白,万念俱灰。太后袒护的立场已经非常鲜明,雁姬就算有十个胆子,也不敢和太后争辩。太后见雁姬的表情,也知道她敢怒而不敢言,当下就长叹了一声说:"人生,这个'情'字,实在难解。他们两个,不知是谁欠了谁的债,新月放着现成的福晋不做,以格格之尊,今天来做努达海的小妾,也是够委屈了。雁姬,你好歹是个原配,当今的达官显贵,哪一个不是三妻四妾呢?你要看开一点才好!再说……"太后语气一转,"这翻山越岭,奔赴沙场,去陪伴一个打了败仗的男人,这等荒唐却痴情的事,毕竟是新月做出来的!雁姬,你可没做啊!"

太后这几句话,像是从雁姬头顶上,敲下了重重的一棒,打得她天旋地转。她的脸色更加灰败了,心里原准备了许多

要说的话,现在一句都说不出口了。太后又叹了口气说:

"这个办法,虽然不是尽如人意,也可以息事宁人了。一个夺爵,一个削封,好歹都是处分过了!希望你们不要再横生枝节。这克善仍然随姐姐住,新月虽不是格格了,克善可还是个小王爷,你们可要善待他们姐弟,将来的好处,还多着呢,眼光要放远一点!"

太后的软硬兼施,和话中有话,使雁姬只能忍气吞声。老夫人已拉着她匍匐于地。"太后的吩咐,奴才们全体照办!不劳太后费心!"老夫人磕着头说,"奴才这就回去打扫望月小筑,迎接新月和克善入府!""这样,我也就放心了!"太后欣慰地说,"后天就是黄道吉日,让努达海来宫里接新月姐弟回府!一切就这么办了!你们跪安吧!"太后站起身来,转身去了。

老夫人和雁姬急忙磕下头去,嘴里毕恭毕敬地说着:"奴才跪安!"

这天,新月跟着努达海,重新走进了将军府的大厅。

尽管事先努达海已告诉新月,全家的反应不佳。新月已经有了很大的心理准备。从宫里到将军府的一路上,她也一直告诉努达海,能够再有今天,能够不去嫁费扬古,能够再和他团聚,她就觉得,老天对她,实在是太好了!在这种狂喜中,她什么都不怕,什么都能面对。但,当她真正进到将军府的大厅,抬头一看,见到老夫人、雁姬、珞琳、骧远都在场,心中就怦怦怦地跳个不停。她敛眉肃立,先让自己平静了一下,然后,她深深吸了口气,就对老夫人盈盈拜倒,

恭恭敬敬地说:"新月拜见老夫人!"老夫人一愣,出于习惯性,立即伸手一扶:

"格格请起……"话一出口,就想起她已被削去格格封号,又被赐给了努达海。一时间,竟不知道该把她当家人看,当客人看,还是当侍妾看。不禁停了口,尴尬地站在那儿。

新月跪在地上,不曾起身。她抬起头,看看老夫人,看看雁姬,又看看珞琳和骥远,她在每张脸上都看到了排斥和敌意。于是,她直挺挺地跪着,用最最诚恳的声音、最最真挚的语气,祈谅地、坦率地说:

"我今天带着一颗充满歉意的心,跪在这儿请你们大家原谅,对不起!真是几千几万个对不起!我也知道,我的所作所为,实在有诸多诸多的不是和不妥,使你们大家都很生气,很难堪。可是,我出此下策,实在是身不由己,我去巫山以前,留过一封信给大家,信中虽然语焉不详,但是,我想大家都已经充分了解了。总之,我对努达海已是一往情深,不能自拔。奔赴巫山的时候,只求同死,不料上苍见谅,给了我这种恩赐,让我们活着回来了!请你们大家相信我,我今天走进这个家门,是诚心诚意想成为这个家庭的一分子。我会努力去弥补以前的错,请你们给我这个机会,接纳我!宽容我!"说着,新月就诚惶诚恐地磕下头去。

屋子里一片死寂,除了老夫人十分动容,努达海一脸震撼之外,其他的人个个都面罩寒霜。然后,雁姬冷冷地开了口:"好一篇感人肺腑的话啊!怪不得上至太后,下至努达海,个个对你心悦诚服!可你现在这样跪在这儿,你就不怕你那死去的双亲,在九泉下不能瞑目吗?你也不怕站在你身后的小王爷,面上无光吗?"新月被狠狠地打击了,她脑袋中一阵晕眩,身子晃了晃,额上顿时冒出了冷汗。低俯着头,她说不出话来了。

"好了,新月这样给大家跪着,你们也就仁慈一点吧!"努达海忍不住说话了,"这件事不是新月一个人的错,如果你们要怪,就怪我吧!""阿玛!"珞琳往前一冲,大声地开了口,"你就这样一意孤行了是不是?你真的要让这个年龄比我还小的新月来当你的小老婆,是不是?你完全不顾我们的感觉,也不顾额娘的感觉了是不是?""珞琳!不要放肆!"努达海吼着,"我好歹是你的阿玛……""啊!"珞琳愤怒地嚷,"不要在此时此刻,把你阿玛的身份搬出来!你是我的阿玛并不表示你可以这样乱来一通!你要以德服人,不是以阿玛来服人!"她一面嚷,一面就又冲向了新月,对新月剑拔弩张地说:"还有你!新月!你不要以为这样可怜兮兮地一跪,我们就会同情你,原谅你!不会不会!你是一个掠夺者,一个侵略者,你绝不是一个弱小民族!所以,不要打了人还做出一副挨打的样子来!这样只会让我更恨你!我真的好恨好恨你!我们全家,是用这样一片赤诚来待你,对你尽心尽力,你却对我们虚情假意,然后,在我们身后玩花样,去勾引我的阿玛!你不知道你这样做,是恩将仇报,毁了我们家的幸福吗……"

"不!不不不!"新月激动到了极点,"我绝不像你说的那么不堪……""你就是!你就是!"珞琳一发而不可止,

"如果你不是，你就不会让这一切发生！如果你不是，你今天就不会跪在这儿请求大家原谅！如果你不是，你就不会让我们大家都这么难堪，这么受伤了！事实胜过雄辩，你已经造成伤害的事实，你还敢在这儿口口声声说不是！"

"住口住口！"努达海大喊，"你们是反了吗？你们不知道，我大可带着新月远走高飞，而我却选择回来面对你们吗？这个家何曾毁了？你们并没有失去我，也没有失去新月，不过是身份有所改变而已……"

"好一个身份有所改变而已！"受到珞琳的刺激，一肚子怨气的骥远也发难了，"这种改变你们觉得很光彩吗？很自然吗？很得意吗？很坦荡吗？能够仰无愧于天、俯无愧于地吗？如果真的这样子，阿玛，你不再是我心目里那个正直威武、忠肝义胆的阿玛了！""你们到底要怎样？"努达海爆发地大吼起来，"事情已经发生了，新月已是我的人了，你们能接受，我们还是一个好好的家，你们不能接受，我带着新月走！逼到这个地步，实非我愿，但我也无可奈何了！新月！"他弯腰去挽新月，"起来！我们走！""不要吵！大家都不要吵了！"老夫人颤巍巍地往房间中一站，大声地说，"这样吵吵闹闹成何体统？今天只要我有一口气在，谁也别想分家！"

"可是，奶奶！"珞琳急喊。

"你一个女孩儿家，哪有那么多话！"老夫人斥责着，"过不了多久，你也就嫁了！安分守己一点吧，不要兴风作浪了！"

"奶奶，"珞琳气得脸色发青，"你这样堵我的口，我还有什么话好说？"雁姬见一儿一女，挺身而出，很帮她出了一

82

口气，心里正稍感安慰，不料老夫人仍是护着努达海和新月，不禁悲从中来，气从中来，眼眶就不争气地潮湿了。她负气地怒瞪了新月一眼，说："或者，我该带着骥远和珞琳搬出去，把这个家让给新月！""雁姬！"老夫人有些生气了，"我才说了，谁也别想分这个家，你做了二十年的贤惠媳妇，儿女都这么大了，还有什么事看不开呢？退一步想，也就海阔天空了！"

雁姬咽了一口气，还来不及说话，骥远心有不平，怒气冲冲地冒出了一句："我们真是开门揖盗，养虎为患，今天成为全北京的笑话！你们受得了，我，受不了！"

"那么你要怎样？"努达海对骥远一吼，"你说！你说！"

"我要他们出去！"骥远指着新月和克善，涨红了脸叫，"最起码，让我们可以做到眼不见为净！"

吵到此时，一直站在新月身边的克善，再也熬不住了，"哇"的一声，大哭了起来，新月急忙跪行到他身边去抱着他。克善哭着喊："为什么会这个样子！为什么你们大家都不喜欢我们了？"他直问到骥远面前去，"骥远，咱们不是好朋友吗？你教我练武，给我做小弓小箭，还带我去给新月买礼物……新月过生日的时候，你们还叫人跳那个月亮舞……我害伤寒的时候，你们全体都照顾着我……你说过我们永远永远都是好朋友，为什么现在要这样凶嘛……"

克善的又哭又说，使骥远顿时心如刀绞。前尘往事，现在全成为天大的讽刺。他的脚重重地一跺，嘴里喃喃地说：

"罢了罢了！算我们集体栽了……"

"好了！雁姬，"老夫人趁此机会，把声音放柔和了，"一切要以家和为贵，你说呢？"

雁姬不能再保持沉默了，她幽怨地看了努达海一眼，再看了新月一眼，强忍着泪，说：

"国有国法，家有家规！既然要进我们家的门，正式成为努达海的姨太太，就该有个手续，纳妾也不能这么潦潦草草的……""对对对！"老夫人见雁姬已经软化，急忙接口说道，"依你看要怎么办呢？""要巴图总管和乌苏嬷嬷连夜陈设大厅，明天早上辰时，咱们就行家礼，让新月正式进门吧！"

"好好好！就这么办！"老夫人如释重负地说。

努达海心中掠过了一抹强烈的不安，他迅速地抬眼看雁姬，看到雁姬眼中有一丝胜利似的光芒，他的心脏猛地一跳，立即说："其实，这道手续省去也罢……"

他的话尚未说完，新月生怕再有变化，已经急急忙忙地磕下头去："新月叩谢老夫人恩典！叩谢夫人恩典！为了弥补我对你们每一个人所造成的伤害，今后我会努力地付出，让你们不会后悔今天给我的恩惠！"

老夫人轻轻一叹，伸手拉起了新月。努达海心中虽然深感隐忧，见新月脸上已绽出光彩，雁姬也已偃旗息鼓，就不好再说什么了。当天晚上，新月和努达海重新在望月小筑中相依相守，两人都有恍如隔世的感觉。新月虽然还没有从大厅上所受的刺激中恢复，但已充满希望，充满信心了。她握着努达海的手，坚定地说："什么都不要担心，能够安然度过被拆散的命运，终于能和你相知相守，我心中的满足，没有任何言语可以形容，现在的我，只有满怀珍惜，没有丝毫怨怼，相信我，我禁得起任何考验！"努达海深深地望着她，满心都被感动和热情所充满了。一时之间，也燃起了一线希望，或者，雁姬终能接纳新月，和平共处。别的家庭，多的是妻妾成群，不也在过日子吗？

"大人，"云娃担忧地追问，"请问这个家礼到底是怎么个行法的？格格需要做些什么呢？"

努达海一呆，心中不由自主地一痛。

"是啊！你快告诉我，让我准备准备！"新月忙说。

"你要受委屈了，"努达海皱了皱眉头，"今天在大厅上，我一直想拦住这件事，我想，雁姬主要是咽不下这口气，要给你一点难堪，或者，是要给你一个下马威，因为，她毕竟是原配啊！所谓的正式进门，就是你得从大厅外头，一路三跪九叩地进厅，然后给全家每一个人奉茶，包括骥远和珞琳在内。""这怎么行？"站在门外的莽古泰已沉不住气，激动地说，"咱们格格好歹是端亲王之后，怎么可以这样作践呢？"

"是啊！"云娃急了，"能不能不要行这个家礼呢？"

"好！"努达海下决心地点了点头，"我现在就去告诉额娘，家礼免了！"他一转身，向外就走。

"不要！"新月急喊，一把拉住了他，"好不容易才弄定了，不要再把一切弄砸吧！我现在不是格格了，我只是你的女人，什么自尊，什么骄傲，我都抛开了！雁姬说要行家礼，我就行家礼！家礼行完了，我就名正言顺是你的人了！我连巫山都去了，我还怕什么委屈？在乎磕几个头吗？"

努达海凝视着新月，觉得心里的怜惜和心痛，感动和感激，像一股股的海浪，把他给深深地淹没了。

于是，这天早上，新月穿着一身红衣，戴着满头珠翠，在云娃和砚儿的搀扶下，在将军府所有的下人的围观下，三步一跪，九步一拜，就这样一路磕着头，磕进了大厅。巴图总管在一边朗声念着："跪……起……叩首……跪……起……叩首……"

就这样重复着这个动作，那条通往大厅的路好像是无尽的漫长。终于，她走完了，进了大厅。又开始跪拜老夫人，跪拜努达海，跪拜雁姬，再向骥远和珞琳请安。此时，甘珠已准备好托盘和茶壶茶杯。巴图总管再喊：

"奉茶！"乌苏嬷嬷、甘珠、云娃、砚儿都上前帮忙。新月捧着托盘，第一杯茶奉给了老夫人，嘴里按规矩卑微地说着：

"侍妾卑下，敬额娘茶！"

老夫人很不安地接过杯子，不自禁地给了新月一个鼓励的微笑。托盘上又放上另一杯茶，新月奉给了努达海，嘴里仍然是这句话："侍妾卑下，敬大人茶！"

努达海真是难过极了，恨不得这个典礼如飞般过去。他拿杯子拿得好快，着急之情，已溢于言表。雁姬看在眼中，恨在心里。新月的第三杯茶奉给了雁姬，她小心翼翼，执礼甚恭。

"侍妾卑下，敬夫人茶！"

雁姬慢吞吞地接过了杯子，忽然开口说：

"抬起头来!"新月慌忙抬起了头,有点心慌意乱地抬眼去看雁姬。雁姬逮着她这一抬眼的机会,迅速地拿了杯子,对新月迎面一泼。事起仓促,新月冷不防地被泼了一头一脸,不禁脱口惊呼:"啊……"接着,托盘就失手落在地上,发出一阵乒乒乓乓的响声。努达海当场变色,一唬地从椅子上直跳起来,嘴里怒吼着说:"雁姬!你好残忍……"

雁姬立刻回头,用极端凌厉的眼神扫了他一眼。

"不会比你更残忍,我不过教她点规矩!你到底要不要这个典礼举行下去?""我……"努达海话未出口,老夫人已伸出一只手,安抚地压住了他。此时,云娃正手忙脚乱地拿着手绢给新月擦拭着,雁姬厉声地一喊:"不许擦!既然口口声声地侍妾卑下,就要了解什么叫卑下!即使是唾面,也得自干,何况只是一杯茶?你明白了吗?"

"明……明……明白了……"新月这下子,答得呜咽。

努达海猛抽了口冷气,拼命克制住自己,脸色已苍白如纸。在这一瞬间,他蓦然明白过来,这又是一个他不熟悉的战场,只怕他全盘皆输之余,再拖累一个新月!他的眼光直愣愣地看着新月,整颗心都揪紧了。雁姬用眼尾扫了他一眼,见他如此魂不守舍,似乎眼中心底,都只有一个新月,她的怒气,就更加升高,简直无法压抑了。

骥远和珞琳,都大出意料,想都没想到雁姬会有这么一招,全看傻了。珞琳不由自主地咽了口气,看着新月的眼光,竟有些不忍之情了。骥远完全愣住了,连思想的能力都没有了,他盯着新月,搞不清楚她怎会把自己弄得这么卑下,却因她的卑下而感到心中隐隐作痛。又因这股隐隐作痛而了解到，自己还是那么那么喜欢她。

新月稳住了自己的情绪，垂下了眼睑。

"我……我……我重新给夫人奉茶！""又错了！"雁姬尖锐地说，"侍妾就是侍妾，别忘了前面这个'侍'字！跟咱们说话，你没资格用'我'字，要用'奴才'，因为你是'奴才'，懂了吗？"

新月还没反应过来，在一边的云娃已经忍无可忍，冲口而出地说了一句："格格好歹是端亲王的小姐，又何必这样糟蹋她呢？"

新月着急地伸手去拉云娃的衣摆，但是已经来不及了，雁姬重重地一拍桌子，厉声大喝：

"放肆！你是什么东西，竟敢如此嚣张！给我跪下！"

云娃吓了一跳，新月又急推云娃的肩，云娃就不得不跪下了。"家礼是何等隆重，你当场撒泼，不可原谅，甘珠！给我掌她的嘴！""是！"甘珠答应着，站在云娃面前，抬起手来，却打不下去。这甘珠现在已是雁姬最得宠的心腹，可她从没有打过人，根本不知怎么打。"夫人！夫人！"新月急呼，"求夫人开恩……"

"甘珠！你等什么？难道你也不准备听我的话了？"雁姬怒喊，"给我打！""是！"甘珠一惊，立即左右开弓，打着云娃的耳光。

"够了！"努达海再也控制不住自己了，大吼了一声，冲上前去，一把扣住了甘珠的手腕，"不许打！这算什么家礼？

什么家规？我知道了，所谓的家礼，不过是一场闹剧，闹到这个地步，够了！行不行家礼，都没有关系，新月，不要奉茶了！我们走！"

新月惊惶地抬眼看了看努达海，眼里盛满了祈求。一转身，她对努达海就跪了下去，哀声地说：

"大人，这个典礼对我意义重大，请你让我行完礼吧！"

努达海惊愕地看着新月，心中一痛。新月，她怎么会这样傻？竟对这样一个侍妾的地位，也如此重视？他愕然着，愣住了。老夫人见情况不妙，就威严地接了口：

"好了！打到这儿就算完，继续行礼吧！云娃！你还不快起来，帮着新月敬茶！"云娃含悲忍泪地赶快起身。老夫人再喊努达海：

"你也快回来坐好！"努达海铁青着一张脸坐了回去。

新月也赶忙站起身来，整整衣衫，头发和脸上都在滴水，此时，已不知道是汗是泪，是茶是水。云娃和砚儿，赶快重新斟茶，重新送上托盘，新月就捧着托盘，继续去奉茶。

"新月敬少爷茶！"新月停在骥远面前。

骥远不敢看新月，劈手就夺过了茶杯，夺得又快又急。握着杯子的手不听命令地颤抖着，他一阵心烦意乱，又立刻把杯子放在茶几上，好像那杯子上有什么活的东西，会咬他的手似的。"新月敬小姐茶！"新月的最后一杯茶，敬给了珞琳。珞琳此时，也分不出自己对新月是怨是恨，是愤怒还是怜悯，看到她一头一脸的水珠，看到她满眼的泪光，她觉得自己的喉咙里哽上了好大的一个硬块。她接过了杯子，竟把一杯茶喝得光光的。

老夫人长长地松了口气,轻声地说:

"好了!"新月敬完了最后一杯茶,不知道自己还要做什么,拼命地忍着泪,站在那儿不知所措。努达海重重地咳了一声,喊:

"巴图!"巴图总管早已看呆了,此时蓦然醒觉,急忙高声念道:

"礼成!鸣炮!"爆竹声噼里啪啦地响了起来,新月在云娃和砚儿的搀扶下,脚步踉跄地走出这间富丽堂皇的大厅。厅外,围观的丫头仆人都鸦雀无声,一双双的眼睛盯着她,不知是同情,还是责难。在她身后,雁姬那清脆的声音,压过了鞭炮的喧嚣,清清楚楚地传了过来:"从此,大家记着,这是咱们家的新月姨太!谁要是不小心,再叫出新月格格,就是讨打!咱们家只有新月姨太,可没有新月格格!"

第十章

"雁姬！我们今天必须谈清楚！"

那场荒谬的家礼举行完之后，努达海连望月小筑都没有进去，就直接去找雁姬。他的情绪十分激动，并不只是愤怒，还有更多的沉痛和担忧。

"你是来兴师问罪的吗？"雁姬一副备战的样子。

"我是要来问你，这算是一时泄愤，还是根本就是宣战？"

"你还敢质问我？开启战端的是你和新月，现在你们赢了，耀武扬威地登堂入室，你们还要我怎样？"

"公平一点，是谁耀武扬威了？"

"那么，你确实是来兴师问罪的了？"她挑起了眉毛。

努达海悲哀地看着雁姬，深深地吸了口气：

"能不能不要这样充满仇恨？"他的声音里带着悲愤，"你不知道新月是带着一颗最虔诚的心、最感恩的心，来走进这个家吗？只要你给她机会，她会对你感激涕零！为什么不大大方方地接受她的感激，而要弄得如此冷酷绝情呢？这样，你就痛快了？高兴了吗？""哼！是谁冷酷绝情！你还好意思和我这么大声！你觉得自己很有理吗？你真的无愧于心吗？你觉得你们的爱情很伟大吗？""没有，我们知道这份爱对你们造成的伤害，这才决心回来弥补！""你们的爱岂止造成了伤害而已，你们的爱根本就是一种毁灭！"雁姬尖锐地叫了起来，"新月自己搞得身败名裂，还令宗室蒙羞！你呢？一世英名毁于一旦，更叫人耻笑你晚节不保，至于这个家，那是骨肉反目，夫妻成仇，毁得最彻底了，这都是你们伟大的爱造成的，你还敢来对我说什么弥补，怎么弥补？如何弥补？""换言之，这样的你，是全然不预备和睦相处了，是不是？"

"是又怎样？"雁姬盯着他，"你预备把我休了，把她扶正吗？"努达海看着这个全然陌生的雁姬，一颗心直往下掉，掉进了冰冷冰冷的深渊里去了。

"你一定要这样壁垒分明的话，不是逼我休你，而是逼我出走。"他沉痛地说，"逼我在外面另外成立一个家！"

她定定地看着他，从齿缝中迸出两个字来：

"请便！"他打了一个冷战，在雁姬眼中看到的，是一种不可解的"恨"，这股强大的恨意，使他血液，全都冻结成了冰柱。

他到了望月小筑，看到新月正拥着云娃，心痛无比地，掉着眼泪说："对不起，对不起，跟了我这么多年，今天竟让你受这样的委屈！""我受一点委屈算什么？"云娃激动地喊着,"可是,你呢?你就要这样子过一生吗?"

"格格!"莽古泰大声地接话,"你要给自己拿个主意,不能任人宰割!在这个屋檐下继续过下去,你会被欺负得体无完肤……""不需要再在这个屋檐下过下去了!"努达海大踏步走了进来,握住了新月的手,用坚定的声音说,"新月,我错了,我不该再带你走进这个家!我真没想到,雁姬完全变了一个人,这样深的仇恨,真的使我不寒而栗。今天,当着我的面,她可以拿茶来泼你,可以下手打云娃,我真不知道背着我的时候,她还会对你做什么。所以,我不能让你留在这儿,我明天就去找房子,你再忍耐两三天,我们就搬出去!"

"好极了!"莽古泰说,"我陪大人去找房子!"

"这样好,这样好,"克善也兴奋地接话,"姐姐,咱们搬出去算了,反正大家都不喜欢咱们了!"

"我不搬出去!"新月望望大家,摇了摇头,咬紧牙关说,"我不!""你听我说,我刚才已经去找雁姬谈过了!"努达海的声音里带着强大的沮丧和深沉的痛楚,"别问我内容,你不会想听的,总而言之一句话,和平共处是不可能了,如果说只有骥远和珞琳充满敌意,那还罢了,至少我知道他们不能把你怎么样,也不敢把你怎么样,可雁姬不同,她能把你怎么样,也敢把你怎么样!"新月静静地看着他,深深地吸了口气。

"在巫山的时候,我说服了你,不求同死,而求同生!当时,我真的是有些贪生怕死,因为,和你共有的这种'生',诱惑力实在太强了!等你被我说服了之后,我就在心里发誓,我要为这份能够相知相守的日子，付出所有的代价！我是这么在乎能够和你相守的每一天，而上天也给了我这份恩赐，我不能因为一点挫折和屈辱就退缩了！我现在好像是个掠夺者，从雁姬手中，从你儿女的手中，抢走了你，他们才会这样恨我！其实，他们越是恨我，证明他们越是爱你！努达海，我是这样地爱你，我怎么可能和另一股爱你的力量来作战呢？现在，他们大家，都不了解我这种心态，我不会抢走你，我只要和大家共有你！所以，我不能走，我要留在这儿，让大家来了解这一点！""你别傻了！他们早已认定你是侵略者，破坏者，而我是不忠不义、不仁不爱的人，他们没有人要给我们机会！"

"可是，你呢？你也不给他们机会来了解我们吗？此时此刻，我跟你一走，你就永远失去你的家了！我又怎能爱得如此自私呢？那才真的会让天地不容！今天，大家虽然对我都很生气，可是，额娘对我却非常仁慈，使我满心感动，就算为了额娘，我也不能让她的家庭破碎！"

"新月，我们另外建立一个家，还是可以把额娘接过来住！""那是不一样的！这个家园，是你们几代的产业，额娘不会愿意离开的！如果我嫁到了你家，却造成你的家庭分裂，我也不会原谅自己的！我和你，现在终于能够耳鬓厮磨，朝夕相处，我的幸福感已经太强太强了！天底下没有不劳而获的东西，如果咱们想抓住这份幸福，我们都需要忍辱负重，不只是我，也包括你！平心而论，我们确实对不起雁姬，对不起骥远，对不起家中的每一个人，那么，就算是受一些折磨，也是我们该得的惩罚！让我们一起接受这种惩罚吧！是我们欠他们的！""你说得这么透彻，我简直无法驳你！"努达海感动得一塌糊涂，紧紧地瞅着新月，"可是，这样受惩罚，除了让我们受苦以外，到底有什么意义呢？"

"当然有意义，天下无难事，只怕有心人！我相信人心都是肉做的，我们抱着逆来顺受之心，日久天长，总会让大家感动，而真心接纳我们的！瞧！额娘不是已经接纳我了吗？"她攀住努达海，眼中又闪闪发光了，"我有信心，请你也不要剥夺我的机会，好不好？好不好？"

他还能说不好吗？尽管心中还有几千几万个担心，几千几万个恐惧，几千几万个不安，和几千几万个怜惜……他却说不出话来了。把她的头紧压在自己的胸前，在她耳边，他屈服地、轻声地说："可是，你得答应我！绝不让你自己受太多的委屈，以后我天天要上朝，不能在家里时时刻刻地保护你，你答应我，不会对我隐瞒任何事情！如果这个家真待不下去，我们还有退路可走！""我答应你！"她诚心诚意地说，双手环绕着他的腰，把头深深地埋进他的怀里。

云娃和莽古泰相对一视，都是一脸的失望与无可奈何。牵着克善的手，他们默默地退出了房间，两人都忧心忡忡。而克善，噘着嘴，鼓着腮帮子，完全是落落寡欢了。

新月的悲剧，是真正地开始了。

自从行过家礼之后，新月就非常小心谨慎，遵守着侍妾的礼数，一点也不敢出错。每天清晨即起，去老夫人房里请安，再去雁姬房里请安。老夫人对新月倒是越来越慈祥了，

不只是态度和蔼可亲,有时,还对新月的生活十分关怀,言谈之间,总不忘记叮嘱新月一句:

"你对雁姬要忍让一些,想想看,她在我们家二十多年了,从来没出过一点儿差错,也是鞠躬尽瘁的,和努达海也是恩恩爱爱的,现在凭空来了一个你,把努达海的心都占去了,她怎么会不生气不嫉妒呢?你要顺着她一些,等过个一年半载的,她的气就会慢慢地消了,知道吗?"

"奴……奴才知道。"她感动地回答,对"奴才"两个字,始终无法习惯。老夫人看着她,叹了口气:

"在我面前,也不必奴才来奴才去的,自称新月就好了!"

"是!"新月恭敬地答着,觉得内心深处涨满了温暖。

老夫人那儿,是很容易过关的,但是,雁姬那儿,就不容易了。在努达海出家门之前,雁姬对她除了冷嘲热讽之外,倒还没有什么特别的举动,最痛苦的事情是,努达海出门后,新月还必须去雁姬那儿学规矩。

每天早上,努达海、骥远、克善、莽古泰都要出门。努达海和骥远去上朝,莽古泰侍候克善去书房念书。新月等到努达海走了之后,就带着云娃到雁姬房去当差。这时候,完全要看雁姬的心情,如果雁姬的心情好,新月挨挨骂,说不定就被一句"滚吧!别站在这儿让我生气!"给打发了。如果雁姬心情不好,新月就惨了,不止新月惨,云娃也跟着遭殃。两人常会被整得惨不忍睹。糟糕的是,雁姬经常都是心情不好。新月这一来真的懂得什么叫侍妾了。其实,雁姬对新月说得很明白:"家礼虽然行过了,可我心里永远也不会承认你这个家人！你是个地地道道的侵入者，无论你怎么低声下气，都改不掉你淫乱无耻的事实！不要以你的放荡行为引以为荣，你，不只是努达海的耻辱，也是我们全家的耻辱！"

面对这样的羞辱，新月每次都脸色惨白，拼命隐忍。有一次，她实在忍不住了，说了一句：

"请夫人给我一点机会好不好？请看在我这样诚惶诚恐的分上，原谅了我吧！我对努达海，实在是情不自禁啊……"

"情不自禁？什么叫情不自禁？"雁姬顿时大怒起来，居然顺手拿起桌上的一个砚台，就对着新月砸去。幸好云娃拉得快，把新月拉开了。砚台虽然没有砸到新月，却飞向了一张茶几，把茶几上的古董花瓶给打得粉碎。一阵稀里哗啦的巨响，好生惊人。新月、云娃连忙趴在地上收拾碎片，雁姬气犹未平，走上前去，就给了新月一脚："情不自禁就是下流！就是淫荡！你居然恬不知耻，还敢跟我振振有词！说什么情不自禁？如果人人情不自禁，所有的女人都跟男人跑了……""夫人！夫人！"云娃急了，拼命去保护新月，"请饶了格格……""格格？格格？"雁姬更怒，用力对云娃踹去，"你还敢叫格格？说过多少次了，我家没有格格，你这样叫，是威胁我吗？""夫人饶命！"新月扑上前去，也拼命想保护云娃，"她是无心的！她只是叫成习惯了，一时改不过来……夫人夫人，饶命啊！""你以为格格就能把我怎么样？也只是个姨太太的命……"雁姬骂着，拔下头上的一根发簪，就没头没脑地往新月和云娃身上戳去，新月和云娃痛得大叫，没命地躲着，狼狈不堪。雁姬自己也闹了个手忙脚乱，汗流浃

97

背。甘珠连忙在旁边劝解着说:"夫人,气坏了自己的身子可犯不着呀!"

"去!"雁姬愤愤地嚷,"两个人都给我去院子里跪着!"

于是,新月和云娃就跪在大太阳底下,动也不敢动。可是,这场大闹,却把珞琳给闹来了,看到满屋子的狼藉,看到雁姬发丝不整,眼神零乱。再看到新月和云娃脸色惨白,跪在那儿摇摇欲坠……珞琳的胸口,就猛地一痛,像是被一块大石头给狠狠地撞了一下。她扶着门框站在那儿,看看雁姬,又看看新月和云娃,终于忍不住说:

"额娘,让她们去吧,别闹出大事来,对大家都不好!"

雁姬这才松了口:"看在珞琳面子上,你们滚吧!"

新月和云娃,彼此扶着站起来,两个人眼中都漾着泪。新月匆匆地看了珞琳一眼,什么话都没说,就带着云娃走了。珞琳却不由自主地追了两步,喊了一声:

"新月!"

新月猛地停下脚步,回过头来,眼里盛满了对友谊的渴求与希望。"珞琳……"她感激地、充满感情地低喊了一句,"谢谢你!""别谢我!"珞琳胸口又被撞击了一下,她无法背叛母亲,她不能同情新月。她鼓着嘴,像在生气似的说:"我……我只是要告诉你,可别在阿玛面前说什么,这个家已经不像一个家了,禁不起再吵吵闹闹的了!"

新月咽了口气,又失望,又寒心,又痛楚。

"你放心,"她憋着气说,"我一个字都不会说的!"说完,她掉转身子,快步地走了。

珞琳进了母亲的房间,看着雁姬。雁姬一接触到珞琳的眼光,就自卫似的、神经质地说:

"你是不是觉得我很残忍?很可怕?"

"额娘!"珞琳喊了一声。

"我没办法,我太生气了!我真的好恨好恨呀!我现在才知道,恨之入骨是什么意思,我恨得想用滚烫的开水去泼她,想毁掉她那张漂亮的脸,想撕开她的衣服,用刀一刀刀去切割她的肌肤……""额娘!"珞琳惊喊,"不要说了!不要说这种话了!"她扑了过去,心痛地一把抱住了雁姬,泪水就滚滚而下了:"停止这样折磨你自己吧!从前的你不是这样的!你是那么温柔,那么风趣,那么和蔼可亲,那么善良又充满爱心,你有那么多优点,让每个人都喜爱你,热爱你啊!"

雁姬神情一软,眼泪也滚落下来:"可是那样的我,却拴不住你阿玛的心,敌不过一张年轻的脸,为什么呢?""我不知道!真的不知道!"珞琳哭着,热烈地望着母亲,"不过,我知道一件事,我不要你变,请你不要变,好吗?维持原来那个你,虽然你失去了阿玛的心,你还有我和骥远的心,是不是?""可你终归要嫁人,骥远也将成亲,你们的心都会各有所归,等到那个时候,我还有什么呢?"

"那我不嫁人好了!我一直留在额娘身边,陪着额娘,如果新月可以抗旨,我为什么不可以?"

"新月是新月,她是独一无二的,她做得出来的事,我们都做不来的……我好恨好恨啊!"

"额娘,额娘,额娘……"珞琳一迭连声地喊着,用双手紧紧地抱着雁姬,"不要恨,不要恨,你还有我和骥远,不如拿恨新月的心,来爱我们吧!"

雁姬搂着珞琳,顿时间,悲从中来,不禁放声痛哭。珞琳听到母亲这样放声一痛,更是哭得稀里哗啦。母女两个,就这样彼此拥抱着,伤心着,哭着。连站在一边的甘珠,也陪着她们掉眼泪。

第十一章

　　经过了这一次的经验,新月知道了一件事,就是绝对不要违抗雁姬的命令,更不用试图去解释什么,或者祈求原谅。因为,在目前这种状况下,雁姬根本不会听她的。她唯一所能做的事,就是逆来顺受,然后,等待奇迹出现。

　　奇迹一直没有出现,灾难却一个连一个。

　　这天,新月和往常一样,到雁姬房里来当差。甘珠正拿着几匹料子,给雁姬挑选做衣裳,试图让雁姬振作起来。雁姬看着那些绫罗绸缎,心里的悲苦,就又翻翻滚滚地涌了上来。长叹一声,她把衣料和尺都往桌上一推,凄苦地说:

　　"士为知己者死,女为悦己者容!现在,我就是死也不知为谁死,容也不知为谁容。再多的脂粉,也敌不过一张青春的脸蛋;再昂贵的绫罗绸缎,也敌不过一身的冰肌玉肤!我现在……人老珠黄,青春已逝……还要这些布料做什么?"

　　雁姬正说着,新月和云娃到了,雁姬一转眼,眼角瞄到了新月和云娃,这一下,怒从心中起,又完全无法控制了。她用力把布匹对新月扫了过去,新月还来不及弄清楚自己又犯了什么错,布匹、针线、剪刀……都迎面飞来。两人慌慌张张地闪避开,仍然不忘蹲下身子去行礼请安:"奴才跟夫人请安!""请什么安?正经八百说,是来示威吧?"雁姬对新月一吼,"为什么来这么晚?你看看现在什么时辰了?"

"对不起!对不起!"新月连声认错,"大人今儿个上朝比较迟……所以……所以……等大人走了,这才过来……"

"哦?"雁姬立刻妒火中烧,怒不可遏了,"我就说你是来示威的,你果然是来示威的!你是想告诉我,你忙着侍候努达海,所以没时间过来,是吗?你居然敢这样来削我的面子,讽刺我,嘲笑我……"她的手在桌上用力一拍,正好拍在那把量衣尺上。她顺手抓起了量衣尺,就对新月挥打过来。

云娃一看不妙,一边大叫着,一边就去拦住雁姬。

"格格绝无此意!"话一出口,知道又犯了忌讳,就胡乱地喊了起来,"奴才说错了,不是格格,是姨太……你打奴才!奴才该死!你打你打……"

雁姬劈手给了云娃一个耳光,打得她跌落在地。她握着尺追过来,劈头劈脸地对新月打去。新月抱头哀叫着:

"啊……啊……"云娃见雁姬像发了疯似的,心中大惊,跳起来就去救新月。她双手抓住了雁姬的手,拼命和雁姬角力,嘴里急喊着:

"格格快逃!快逃啊!"

"反了!反了!"雁姬气得浑身发抖,"甘珠,你还不上来，快帮我捉住她!"于是，甘珠也参战，从云娃身后，一把就抱住了云娃。云娃动弹不得，雁姬挥舞着量衣尺，对云娃乱打了好几下，再转身去追打新月。新月一边逃，一边回身看云娃，顾此失彼，脚下一绊，摔倒在地。雁姬逮住了这个机会，手中的尺就像雨点般落在新月头上、身上。

"啊……啊……"新月痛喊着，整个身子缩成了一团，"请不要这样啊……不要不要啊……"

事有凑巧，这天克善因老师生病，没有上学，提前回家了。在望月小筑中找不到新月和云娃，他就找到正院里来。莽古泰追在他后面，想阻止他去上房，以免惹人讨厌。正在此时，克善听到了新月的惨叫声，不禁大惊失色。他一面大叫："是姐姐的声音!姐姐!姐姐……"一面就跟着这声音的来源，冲进了雁姬的房间。

见到雁姬正在打新月，克善就发狂了。他飞奔上前，拼命地去拉扯雁姬的胳臂，嘴里尖叫着：

"放开我姐姐!不能打我姐姐!为什么要打我姐姐嘛……"雁姬正在盛怒之中，手里的竹尺，下得又狠又急，克善怎么拉得住?非但拉不住，他也跟着遭殃，立刻就被打了好几下，克善一痛，就哇哇大哭起来。新月和云娃吓得魂飞魄散，双双扑过来救克善，两个人力道之猛，竟然挣开了甘珠的束缚，把雁姬撞倒于地。同时，莽古泰也已冲了进来。

雁姬从地上爬了起来，狼狈得不得了。新月、云娃和克善，在地上抱成一堆，哭成一团。莽古泰气炸了，目眦尽裂，对着雁姬大吼大叫："你还算一位夫人吗?这样怒打格格，连小主

103

子都不放过！你还有人心吗？还有风度吗？还有教养吗……"

他一边吼叫，一边步步进逼，神色吓人。珞琳、乌苏嬷嬷、巴图总管和丫头家丁们全从各个方向奔来。乌苏嬷嬷一看闹成这个样子，老夫人又去都统府串门尚未回家。她生怕不可收拾，立刻叫人飞奔去宫里通知努达海和骥远。

珞琳着急地奔过去，双手张开，拦在雁姬的前面，对莽古泰嚷着："你要做什么？不可对我额娘无礼！"

家丁丫头们早已围过来，拦的拦，推的推，拉的拉，要把莽古泰弄出房间。莽古泰发出一声暴喝：

"啊……给我滚开！"他伸手一阵挥舞，力大无穷，顿时间，丫头家丁们跌的跌，摔的摔，乒乒乓乓东倒西歪。

雁姬被这样的气势吓住了，却仍然努力维持着尊严，色厉内荏地说："放肆！你有什么身份直闯上房？有什么身份私入内室？更有什么身份来质问我？你给我滚出去！这儿是将军府，不是端亲王府！在这儿，你根本没有说话的余地……"

"有余地我也要说！没余地我也要说！反正我已经豁出去了！"莽古泰往前一冲，伸手怒指着雁姬，声如洪钟地吼着，"你凭什么打格格？凭什么伤害她？你以为格格对不起你吗？是你们将军府对不起她呀！想她以端亲王府格格之尊，进了你们将军府，就一路倒霉，倒到了今天，去做了努大人的二夫人，是她委屈，还是你们委屈？如果你真有气，你去质问大人呀！你去找大人算账呀！但凡是个有胸襟气度的人，也不会去为难一个可以当你女儿的姑娘！你们占了便宜还卖乖，害新月格格削去了封号，降为了庶民，如今这样做小伏低，简直比丫头奴才还不如!你们居然还要虐待她,甚至动手打她,你们堂堂一个将军府,堂堂一个贵夫人,做出来的事见得了人吗?不怕传出去丢脸吗……"

"反了!反了!"雁姬气得浑身发抖,脸色惨白,"一个奴才,居然胆敢和我这样说话!是谁得了便宜还卖乖?是谁欺负谁呀?你竟然对我红眉毛绿眼睛地大叫……我……我……我怎么落魄到今天这个地步!简直是欺人太甚了……欺人太甚了……"她气得一口气提不上来,差点没有厥过去。珞琳慌忙用手拍着她的胸口,焦急地喊着:

"额娘别气,别气,他一个粗人,你别和他一般见识……"话未说完,莽古泰再往前一冲,伸手就要去扣雁姬的手腕。"你干什么?"雁姬慌张一退,"难道你还要动手?"

"你一个夫人都能动手,我一个粗人有什么不敢动手?"莽古泰大喝着,"我要押了你去宫里见太后!我给你闹一个全北京城都知道,看是谁怕谁?"

"新月!"珞琳不得不大喊出声了,"你任由他这样闹吗?你还不说句话吗?"新月牵着克善,扶着云娃,都已从地上站起来了。新月呆呆地看着莽古泰,没想到莽古泰会说出这么多话来,一时间,竟有些傻住了。云娃只是用一对含泪的眸子,崇拜地看着莽古泰,看得痴痴傻傻的。克善揉着头揉着手臂,还在那儿抽噎。新月被珞琳这样一叫,恍如大梦初醒,急忙喝阻莽古泰:"莽古泰!不得无礼!你快快退下!"

"格格,奴才一向以你的命令为命令,但是,今天,我不能从你!你已经不能保护自己了,我豁出去拼了这条命,也要为你讨回这个公道！我一定要押了她去见皇太后……"

"你哪儿见得着皇太后呢？"新月着急地说，"你要帮我，就不要搅我的局！快快退下！快快退下……"

"我虽然见不着太后，但是押着她就见得着了！"说着，他迅速地伸出手去，一把就扣牢了雁姬的手腕。

"救命呀！"雁姬骇然大叫，"救命啊……"

"大胆狂徒！你不要命了吗？"

忽然间，院子中传来一声大吼，是骥远带着府中的侍卫们赶来了。这天也真是不巧极了，骥远在宫中闲来无事，先行回家，才到家门口，就闯见了要去宫中报信的家丁。他弄清楚状况，就赶快去教场调了人手，气喘吁吁地飞奔而来。

"莽古泰！你还不放手？"骥远喊着，"你是不是疯了？竟敢挟持主子！目无法纪！快放手！放手！"

"我不放！"莽古泰拽着雁姬往屋外拖去，"好狠毒的女人！上回搞什么三跪九叩，又泼茶又打人的，奴才已经咽下了那口气，这回怎么也咽不下了！要不然……"他用力扭住雁姬的胳臂，"你就当众给格格赔个罪，说你再也不虐待格格了，我才要放手！"雁姬羞愤已极，悲切地痛喊：

"我在自己的屋檐下，受这种狗奴才的气！我还要不要做人啊……"

骥远已经忍无可忍，此时，飞身一跃，整个人扑向了莽古泰，这股强大的力道，带得三个人一起滚在地上，跌成了一团。雁姬的指套钗环，滚得老远。珞琳脱口尖声大叫。新月和云娃，看得目瞪口呆。

莽古泰没料到骥远会纵身扑上来,手一松,竟然没抓牢雁姬。骥远把握了这机会,对着莽古泰的下巴就是一拳,两人大打出手。众侍卫看到雁姬已经脱困,立刻一拥而上。

一阵混乱之下,莽古泰孤掌难鸣,被众多的侍卫给制伏了。甘珠、乌苏嬷嬷、珞琳都围绕着雁姬,拼命追问:

"夫人,有没有伤着啊?伤到哪儿啊?"

雁姬的手紧捂着胸口,好像全部的伤痛都在胸口。

"骥远!"新月追着骥远喊,"你高抬贵手,饶了莽古泰吧!"

骥远用十分稀奇的眼光看着新月。

"你以为,谁都要让你三分吗?你以为,你的力量,无远弗届吗?"他恨恨地问,"在他这样对我额娘动粗之后,你还敢叫我饶了他?"新月被堵得说不出话来。此时,雁姬用激动得发抖的声音,对骥远叫着:"骥远,你给我把他带到教场去,替我狠狠地教训教训这只疯狗,听到吗?""听到了!"骥远大声地回答。

新月和云娃的心,都沉进地底去了。

莽古泰被捆在教场上的一根大柱子上,由两个侍卫,手持长鞭,狠狠地抽了二三十下。本来,抽了二三十下,骥远的心也就软了,只要莽古泰认个错,他就准备放人了,所以,侍卫每抽两鞭,骥远都大声地问一句:

"你知错了吗?你知道谁是主子了吗?你还敢这样嚣张吗?"偏偏那莽古泰十分硬气,个性倔强,一边挨着打,一边凛然无惧地大吼大叫:

"奴才的主子只有格格和小主子,谁和他们作对,谁就是奴才的仇人，奴才和他势不两立！"

骥远被他气坏了，大声命令着侍卫：

"给我打！给我结结实实地打！打到他认错求饶为止！"

莽古泰却不求饶，不但不求饶，还越叫越大声。于是，侍卫们绕着他打，也越打越用力。鞭子毫不留情地抽在他脸上身上。他全身上上下下，前前后后都被招呼到了。没有几下子，他的衣服全都抽裂了，胸膛上、背上、腿上、脸上……都抽出了血痕。如果努达海在家，或是老夫人不曾出门，新月和云娃还有救兵可找，偏偏这天是一个人也找不到。新月急得像热锅上的蚂蚁，却一点办法都没有。克善哭着要去救莽古泰，新月不愿他看到莽古泰挨打的情形，死也不让他去，好说歹说，才把他安抚在望月小筑。新月和云娃赶到教场，莽古泰已被打得奄奄一息，还在那儿拼死拼活地、断断续续地喊着：

"奴才的主子只有格格和小主子……奴才的主子只有格格和小主子……""给我打！给我打！给我用力地打！"骥远怒喊着。

新月看得胆战心惊，云娃已是泪如雨下了。

"骥远！"新月哀求着喊，"我知道你对我很生气很生气，可是万一你把他打死了，你不是也会难受吗？你一向那么宽宏大量，那么仁慈，那么真挚和善良，你饶了他吧，你不要让他来破坏你美好的人生吧……"

骥远骤然回头，眼里冒着火，声音发着抖：

"他破坏不了我的人生，我的人生早就被破坏掉了！"

新月的泪滚落下来。她祈谅地、哀伤地、真切地说：

"骥远，失之东隅，收之桑榆，真的，真的！我全心全意地祝福着你！请不要把对我的气，出在莽古泰的身上，好吗？我求你！求你！你从来不赞成用暴力……这样的你，实在不是真的你……如果我们都无法回到从前了，让我们最起码，还保有以前那颗善良的心吧！"

这样带泪的眸子，和这样哀楚的声音，使骥远整颗心都绞痛了。只觉得心中涨满了哀愁，和说不出来的失意。他喟然长叹，心灰意冷。"不要打了！"他抬头对侍卫们说，"放了他吧！"

他转过身子，不愿再接触到新月的眼光，也不能再接触到新月的眼光，因为，这样的眼光让他心碎。他咬了咬牙，迈开大步，头也不回地匆匆而去了。

新月和云娃，赶忙上去，解下浑身是血的莽古泰。

于是，新月所有的遭遇，都瞒不住努达海了。这天晚上，努达海回到望月小筑，那么震惊地发现望月小筑中的悲剧。新月无力再遮掩什么，在克善愤怒的诉说中，在云娃悲切的坦白里，努达海对于新月这些日子所过的生活，也总算是彻底了解了。他听得脸色铁青，眼光幽冷。听完了，好久好久，他一句话都不说。坐在那儿像个石像，动也不动。新月扑在他膝前，惶恐地说："我……我……一直以为，这是我欠雁姬的债，我应该要还！但我实在没料到要牵累这么多人跟着我受苦……"

他用他的大手，一把握住了她的头发，把她的头，拽向了自己的胸前。看到她脸上、脖子上的伤痕累累，他深深地吸了口气，从齿缝中迸出几句话来：

"当初在巫山，真该一刀了断了你！免得让你今天来受这种身心摧残，而我来受这种椎心之痛！"

"当初是我错了，不该贪求这种不属于我的幸福……"她终于承认了，"我这么失败，弄得一塌糊涂，你干脆给我一刀，把我结束了吧！我……认输了！"

"是吗？"他咬牙问，"当初是谁说，自杀是一种怯懦，一种罪孽呢？是谁说那是逃避，是没勇气呢？"

"我……"她嗫嚅地说，"我说错了！"

"不！"他一下子推开了她，站起身来，"你没说错！我现在已经认清楚了，我再也丢不开和你共有的这种幸福！我要你！我也要活着！"他抬头对云娃果断地交代："收拾一些必要的东西，我们连夜搬出去！在找到房子之前，先去住客栈！这个家，我是一刻也不要留了！我马上去跟全家做一个了结！"

这次，新月没有阻拦，她已无力再奋斗下去，也无力抗拒这样的安排了。努达海赶到老夫人房里时，老夫人正在为白天发生的事，劝说着雁姬和骥远。因而，全家的人都聚集在老夫人房里。这样也好，正好一次解决。努达海大步上前，对全家人看都不看，直接走到老夫人面前，就直挺挺地跪下了。

"请恕孩儿不孝，就此别过额娘，待会儿我就带新月他们离开，暂时住到客栈中去！"他说着，就站起身来。

"住客栈?"老夫人大惊失色,"你这是做什么?为什么要这样严重呢?""我的意思就是,这个家既然闹得势不两立,水火不容,为了避免发生更可怕的事,我别无选择,只有出去购屋置宅,给新月他们另外一个家!其实,这也不是今天才有的提议,是从头就有的构想,只是额娘不能接受,新月又急于赎罪,这才拖延至今,现在,望月小筑里,大的,小的,男的,女的,人人遍体鳞伤,这个债,他们还完了!"

"阿玛!"珞琳第一个叫了起来,"你不要走,你一走,这个家还算什么家呢?请你别这么生气吧!刚才奶奶已经说了额娘跟骥远一顿,以后肯定不会再发生这样可怕的事了!"

"哼!"雁姬忍不住又发作了,"你只看得到望月小筑里的人遍体鳞伤,你看到别的人遍体鳞伤了没有?你看不见,因为心碎是没有伤口的!即使有伤口,你也不要看,因为你只有心情去看新月!你甚至不问莽古泰到我房里来发疯,有没有造成对我的伤害!""如果你不曾毒打新月,莽古泰又何以会发疯?"

"新月新月!你眼里心里,只有新月!我知道,你早就想走了!这个家是你的累赘,是你的阻碍,你巴不得早日摆脱我们,去和新月过双宿双飞的日子!你要走,你就走!留一个没有心的躯壳在这儿,不如根本不要留……"

"额娘!"珞琳着急地去拉雁姬,摇撼着她,"你不要这个样子嘛!冷静下来,大家好好地说嘛!"

"是呀是呀!"老夫人急坏了,"我们要解决问题,不要再制造问题了!""解决不了的!"雁姬沉痛地喊,"他对我们全家的人，已没有一丁点儿的感情，没有责任心，没有道义感，这样的人，我们还留他做什么？""如果我真的没有责任心，没有道义感，我就不会带新月回来了！"努达海用极悲凉的语气，痛楚而激动地说，"我知道，我错了，我不该爱新月！新月也不该爱我！我从来没有觉得这段感情，我是理直气壮的！就因为有抱歉，有愧疚，还有对你们每一个人的割舍不下，我才活得这么辛苦！我和新月，我们都那么深切地想赎罪，想弥补，这才容忍了很多很多的事！"他盯着雁姬："你从一开始，就紧紧地关起门来拒绝我们！轻视，唾弃，责骂，痛恨，折磨……全都来了，而且你要身边的人全都像你一样，然后你张牙舞爪，声嘶力竭，弄得自己痛苦，所有的人更痛苦，其实，你不知道，只要你给新月一点点好脸色看，她就会匍匐在你的脚下，我也会匍匐在你的脚下，新月身边的人更不用说了。我会为了你的委曲求全而加倍感激你！为什么你不要我的感激和尊敬？而非要弄得望月小筑一片凄风苦雨、鲜血淋淋的？叫我心寒，浇灭我的热情！你现在还口口声声说我存心要离开这个家！你不知道，要我离开这个家，如同斩断我的胳臂，斩断我的腿一样，是痛入骨髓的啊！你不了解我这份痛，但是新月了解，所以，一直是她在忍人所不能忍！"他说得眼中充泪了，老夫人和珞琳也听得眼中充泪了。说完，他甩了甩头，毅然地说："言尽于此，我走了！"珞琳一个箭步拦住了努达海，回头急喊：

"额娘！你说说话吧！你跟阿玛好好地谈一谈吧！"

雁姬微微地张了张口，嘴唇颤抖着，内心交战着，终究

是咽不下这口气,把头一昂,冷然地说:

"宁为玉碎,不为瓦全!"

努达海神情一痛,也冷然地说:

"玉也罢,瓦也罢,这个家反正是碎了!"

说完,他再也不看雁姬,就大步地冲出了房间。骥远此时,忍无可忍,追了过去,激动地大声喊着:

"你不能在这个时候弃额娘而去,你只看到她张牙舞爪地拉拢咱们,排挤你们,却看不到她的无助和痛苦,事实上,你除了新月以外,已经看不到任何人的无助和痛苦。额娘本来是个多么快乐的人,她会变成今天这样,实在是你一手造成的!""很好,"努达海憋着气说,"你要这样说,我也没办法,反正我是无能为力了!""你不能一句'无能为力'就把一切都摔下不管,"骥远火了,"我要弄个明白,我不管你多爱新月,爱到死去活来也是你的事,可是我要问你,你和额娘二十几年的夫妻,二十几年的爱,难道就一丝不剩了吗?"

"如果你问的是爱情,"努达海盯着骥远说,"我不能骗你,有的男人可以同时爱好几个女人,我不行!我只能爱一个,我已经全部给了新月!对你额娘,我还存在的是亲情、友情、恩情、道义之情……这些感情,若不细细培养,也很容易烟消云散!"努达海说完,掉转了头,自顾自地去了。骥远气得暴跳如雷,对着努达海的背影大吼大叫:

"如此自私,如此绝情!让他走!还挽留他做什么?"

珞琳对骥远愤愤地一跺脚:

"你不帮忙留住阿玛也算了,你却帮忙赶他走,你哪一根

筋不对啊?"老夫人一看情况不妙,跌跌撞撞地追着努达海而去:

"努达海!努达海!三思而后行啊!"

珞琳见老夫人追去了,也就跟着追了过去。骥远一气,转头就跑了。霎时间,房里已只剩下雁姬一个人,她直挺挺地站着,感到的是彻骨彻心的痛。

当老夫人和珞琳等人追到望月小筑的时候,新月已经整装待发了。阿山和几个家丁推着一辆手推车,上面堆着简单的行囊和箱笼,莽古泰强忍着伤痛,牵着小克善,大家都已准备好了。"走吧!"努达海说,扶住新月。

正要出发,老夫人急冲冲地赶了进来。

"等一等!等一等!"新月一看到老夫人,就不由自主地迎上前去,对老夫人跪下了。自从巫山归来,老夫人是这个家庭里,唯一给了她温暖的人。"新月叩别额娘!"她规规矩矩地磕了三个头,"请原谅我的诸多不是……请原谅我引起这么多的麻烦……""起来起来!"老夫人拉起了新月,急切地说,"新月!你可是行过家礼的,是我的媳妇呀!"

"额娘!"努达海痛苦地说,"请您老人家别再为难我们了,那个家礼,不提也罢!""怎能不提呢?"老夫人不住用手抚着胸口,气都快喘不过来了,"行过礼,拜过祖宗了,就是我家的人了,这是事实呀!不管怎样,你们先听我说,一切发生得太快,叫我想都来不及想,现在我知道,我非拿个主意出来不可了!你们听着,要两个家就两个家,但是,不必搬出去,这儿,望月小筑就算是了!"新月和努达海愕然对

视,正想说什么,老夫人做了个手势阻止他们说话,继续急急地说:

"这些日子来,都是我不好,拿不出办法让两个媳妇都能满意。新月,你是受委屈了!但是,从今以后,我不会让你再受委屈了。望月小筑就是你和努达海的家,什么请安问候当差学规矩,全体免除!饮食起居也和家里的人完全分开,就在这儿自行开伙!你们不用搭理任何人,我也不许任何人来侵犯你们,干涉你们,这样可好?"

老夫人说得诚诚恳恳,新月心中酸酸楚楚。还没开口说话,珞琳一步上前:"新月!奶奶都这么说了,你还不点头吗?"

新月犹豫着,生怕这一点头,又会重堕苦海。老夫人往前一迈步,就握住了新月的手。

"我的保证就是保证,我好歹还是这个家里的老太太!你如果把自己也当成这个家里的一分子,是不是应该希望这个家团圆,而不是希望这个家破碎呢?"

新月愁肠百折,简直不知道该如何是好了。克善站在一边,却已经急了,不住伸手去拉新月的衣摆,说:

"姐姐,咱们走吧!离开这个好可怕的地方吧!大家都不喜欢咱们了!""克善!"珞琳哑声地开了口,"你现在太小了,你不懂,等有一天你长大了,你就会了解,我们从来没有停止过喜欢你们,只是局面的变化太大,大家都有适应不良的症状而已。"

新月看了一眼老夫人,又看了一眼珞琳。在这一刹那间,旧时往日的点点滴滴，全都涌在眼前，那些和珞琳一起骑马、一起欢笑的日子，仍然鲜明如昨日。那些大家给她过生日，在花园里跳灯舞的情景，也恍如目前。她的心中一热，泪水就滴滴答答地滚落。她一哭，珞琳就跟着哭了。老夫人趁此机会，也含着泪说："新月，努达海，你们忍心让我在垂暮之年，来忍受骨肉分离之痛吗？如果你们还住在望月小筑，我好歹可以随时来看看你们，如果你们搬走了，我要怎么办呢？努达海，你是我的独子啊！"新月抬头看努达海，哽咽着说：

"努达海……我们就照额娘的意思去做吧！"

努达海沉吟不语。新月双膝一软，就要对努达海跪下去，努达海一把拉起了她，不禁长长地、长长地叹了口气：

"新月！你的意思我全明白了，你别再跪我了！全照额娘的意思办吧！"就这样，新月又在望月小筑住下来了。再一次，把自己隔绝在那座庭院里。说也奇怪，这望月小筑，三番两次，都成为她的禁园。经过这样一闹，新月的家庭地位，反而提高了。老夫人对雁姬是这样说的："想开一点吧！堂堂一个大妇，何必去和一个侍妾争风吃醋呢？你这个女主人的位子是一辈子坐定的，跑不掉的，你怕什么呢？说句不中听的话，到你这个年纪，不必想丈夫了，还是多想想儿女才实在。只要儿子成器，你下辈子的尊荣，不胜过这些风花雪月吗？"雁姬打了个冷战，寒意从她的心底蹿起，一直冷到了四肢百骸。她终于明白，自己和新月的这场战争，是输得一败涂地了。

第十二章

时间静静地消逝,春天过去,夏天来了。将军府中,尽管依旧暗潮汹涌,表面上却维持了一段时间的平静。

在这段时间里,莽古泰和云娃,在新月和努达海的主持下,行了个小小的婚礼,成为夫妻了。克善好高兴,一直绕着这对新人喊:"现在,你们是我的嬷嬷妈和嬷嬷爹了!"

云娃的那份满足,就不用提了,等了这么多年,终于和自己的心上人,结成了夫妻,回忆从荆州之役以来的种种,真是不胜唏嘘。难得新月这个主子,对自己如此了解,又如此体恤。新月成全了她的梦,而新月的那个梦,她却帮不了忙,虽然努达海对新月情深似海,她总是感到新月的处境十分危险,战战兢兢。生怕新月捧在手里的幸福,会捧不牢。

这段时期的雁姬,已经失去了当初的作战精神,变得十分消沉。不只是消沉,她还有些神经质。有时把自己打扮得花枝招展,有时又脂粉不施。有时自怨自艾,有时又怨天尤人。常常站在视窗,对着望月小筑一看就是好几个时辰。至于终夜徘徊,迎风洒泪,更是每夜每夜的事。她像一座蠢蠢欲动、随时会爆炸的火山,偶尔会地震,常常在冒烟。

至于骥远,他的日子过得好苦好苦。他从没有尝过失恋的滋味,不知道这滋味是如此的苦涩。如果他的情敌,是一个和他年龄相当的王孙公子,他或者会好受很多。偏偏这个情敌竟是自己的父亲!他不能骂他,他不能揍他,他不能和他明争,也不能和他暗斗,他只能恨他!恨他夺去了自己的爱,也恨他对母亲的背叛。事实上,他认为努达海对他也是一种背叛,因为努达海自始至终,就知道他对新月的心意。如果一个父亲,真正疼爱他的子女,怎么舍得把自己的快乐建立在子女的痛苦上?怎么舍得去掠夺儿子的心上人?这样想来想去,他就越来越恨努达海。可是,他却没有办法恨新月。

他对新月的感觉是非常复杂的,以前的爱,始终都不曾停止。每次看到新月,都会引起锥心刺骨的痛。她居然不选择他,而去选择比他年老二十岁、有妻子儿女的努达海。这对他真是一种莫大的挫折,使他对自我的评价一落千丈,完全失去了自信。他不住地懊恼,恨自己的无能。"近水楼台先得月",好一个"近水楼台先得月"!同样的"近水","得月"的却不是他!对骥远来说,最大的痛苦还不是失恋,而是失恋之后,还得面对这个女子是父亲姨太太的这个事实,这太难堪了!这太过分了!真教他情何以堪?除此以外,他还有一种无法对任何人透露的痛苦,那就是他对新月的爱!当初就那样一头栽进去深深地爱上了，现在，居然不知道怎样去停止它！家，成为他好恐惧的地方，雁姬的失魂落魄，老夫人的左右为难，珞琳的愁眉苦脸，努达海的闪躲逃避……还有那个深居简出、像个隐形人似的新月！这种种种种，都撕裂了他的心。于是，他常常醉酒，也常常逗留在外，弄到半夜三更才回来。

珞琳依然是全家的慰藉，她不住奔走于雁姬房和骥远房，试图以她有限的力量，唤回两颗失意的心。但是，她的力量毕竟太小了！雁姬消沉如故，骥远颓废如故。珞琳担心极了，幸好此时，骥远奉旨完婚。这个家庭里的大事，更是骥远切身的大事，使全家都振奋了。有好长一段时间，全家都忙忙乱乱地筹备着婚事。努达海更把父子和解的希望，放在这个即将到来的小新娘身上。只有骥远，更加闷闷不乐了，他不要什么塞雅格格，他的心里，仍然只有新月格格！

七月初十，骥远和塞雅格格完婚了。

塞雅格格是敬王府的第三个女儿，今年才刚满十七。长得浓眉大眼，唇红齿白，非常美丽，是个标准的北方姑娘。在家里也是被娇宠着、呵护着长大的，从不知人间忧愁。个性也是十足的北方，不拘小节，心无城府，憨憨厚厚，大而化之。婚礼是非常隆重的，鼓乐队和仪仗队蜿蜒了好几里路。新娘进门的时候，全家人都在院子里迎接。新月是努达海的二夫人，当然必须出席。这是新月好久以来，第一次出现在大家面前。她穿着她最喜欢的红色衣裳，戴着新月项链，头上簪着翡翠珍珠簪，耳下垂着翡翠珍珠坠，盛装之下，更显得美丽。雁姬虽然也是珠围翠绕，雍容华贵，但是，毕竟少了新月的青春，站在那儿，她就觉得自己已经黯淡无光了。

骥远这天非常帅气，白马红衣，英气逼人。骑在马上，他一路引着花轿进门。鞭炮声，鼓乐声，贺喜声，鼓掌声同时大作，震耳欲聋。努达海家中，挤满了宾客，都争先恐后地要看新娘下轿。真是热闹极了。

按照旗人规矩，新郎要射箭，驱除邪祟。新娘要过火，家旺人旺。两个福禄双全的喜娘扶着轿子，等着搀扶新娘下轿。新娘的手中，一路上都要各握一个苹果，象征平安如意。这位塞雅格格也很有趣，在路上，就闹了个小笑话。当队伍正在吹吹打打地行进当中，她不知怎的，居然让手中的苹果，滚了一个到地上去，害得整个队伍停下来捡苹果。喜娘把苹果给她送回花轿里去时，这位新娘挺不好意思地对喜娘掩口一笑。这会儿，轿子进了将军府的大门，停在院子里了。司仪高声喊着："新娘下轿！"塞雅被两个喜娘扶出了轿子。

"新娘过火，兴兴旺旺！"

早有家丁们捧来一个烧得好旺的火炉，塞雅低垂着头，看到那么旺的火，不禁吓了一跳。她穿着一件描金绣凤的百褶长裙，跨越炉火时，生怕裙摆拖进火里，就有些手忙脚乱。一时间，她又忘了手中的苹果，竟伸手去拉裙子，这一伸手，那个苹果就又掉到地下，骨碌碌地滚走了。

"哎呀！"塞雅脱口惊呼，也忘了新娘不可开口的习俗。"又掉了！"两个喜娘又忙着追苹果，这苹果滚呀滚的，刚好滚到新月的脚边。新月又惊又喜，觉得这个新娘真是可爱极了。她立刻俯身拾了苹果,送到花轿前去,喜娘忙接了过来,递给塞雅,并在她耳边悄悄叮嘱着:"这次,你可给握牢了,别再掉了。"

骥远忍不住看过来,在纳闷之余,也感到一丝兴味。这是整个婚礼过程中,他觉得比较有趣的事了。

新月捡完了苹果,退回到人群中的时候,雁姬轻悄地走到她身边,不着痕迹地、轻声细语地说:

"我们家办喜事,用不着你来插手!苹果象征平安,你怎敢伸手去拿?不让咱们家平安的,不就是你吗?难道,你还要让新婚夫妇不得安宁吗?"

新月大大地一震,不敢相信地看着雁姬,点了点头说:

"我懂了!我会待在望月小筑里,恕我不参加骥远的婚礼了!"她低俯着头,匆匆地走了。

站在一边的努达海,愤愤地看着雁姬,真是对她恨之入骨。奈何在这样的场合,发作不得。

那天晚上,府中大宴宾客,流水席开了一桌又一桌。鞭炮丝竹,终宵不断。戏班子彻夜唱着戏,以娱嘉宾。努达海、雁姬和老夫人,周旋于众宾客间,忙得头昏脑涨。即使如此之忙乱,努达海仍然抽了一个空,回到望月小筑去看新月。握着新月的手,他难过地说:

"又让你受委屈了!"新月却高兴地看着努达海,发自肺腑地说:

"我有一个预感,这个婚礼会给骥远带来全新的幸福!不要为我的一些小事不高兴了,让我们为骥远祝福吧!我今天拾起了塞雅的苹果，不管雁姬怎么解释，我却认为，我是拾起了骥远和塞雅的平安，只要他们两个平安，就是全家的幸福了！""是！"努达海鼻子里酸酸的，"他的幸福，是我们最大最大的期望了！""快走吧！"新月推着他，"等会儿雁姬找不着你，又会生出许多事情来！快走快走吧！"

努达海依依不舍地看了她一眼，即使只是短暂的离开，依旧有心痛的感觉。因为，整个大厅中衣香鬓影，笑语喧哗，而这些笑容中独缺新月的笑，他就那么遗憾，那么寥落起来。这种感情，真是他一生不曾经历过的，这样的牵肠挂肚和割舍不下，他自己都感到困惑和不解，怎么世间竟有如此强烈的感情呢？这样的感情怎会发生在他努达海的身上呢？难怪雁姬他们不了解，他自己也无法了解！

这晚，在新房中，骥远掀开了塞雅的头盖。塞雅那张年轻的、清丽的面庞就出现在他眼前了。塞雅应该是羞答答的，不能抬头的，可是那塞雅太好奇了，居然抬眼去偷看骥远，这一看，心中的一块石头就落了地，感到喜欢，竟又忍不住掩口一笑。这一笑不打紧，旁边的喜娘丫头全都跟着笑开了。骥远怔怔地看着塞雅，心里就有点儿朦朦胧胧的喜悦。怎有这么纯真无邪的姑娘！接着，一大堆的繁文缛节，两人并排坐在床沿上，被大家折腾。喝交杯酒，吃子孙饽饽，倒宝瓶，撒帐……终于，喜娘们在骥远和塞雅身上，又动了些手脚，这才纷纷鞠躬离去。一个个笑嘻嘻地说着：

"请新郎新娘早点安歇！"

总算总算，房间里只剩下骥远和塞雅了。骥远想站起身来，一站，就差点摔了一大跤，这才发现，自己的衣服下摆，和塞雅的衣服下摆，打了一个结。塞雅忍不住伸手去拉骥远，张嘴说："小心……"才开口，就想起新娘子不可说话，要含蓄。她张着嘴，就愣在那儿。骥远慌忙去解那衣摆，偏偏解来解去解不开，闹了个手忙脚乱，他站起身来，干脆跳了跳，衣摆仍然缠在一块儿，骥远十分狼狈地说：

"这……怎么搞的？"塞雅又一个忍不住，再一次地笑了。

骥远对这个婚事，其实一直是非常排斥的。奉旨成亲，完全是被动的，不得已的。但是，被这个塞雅格格左一次笑，右一次笑，竟笑得怦然心动了。怪不得唐伯虎因三笑而点秋香。骥远也因塞雅的几笑而圆了房。

婚礼的第二天，照例有个见面礼，是由新娘来拜见新郎家的每一分子。也是这个见面礼上，新月才第一次见到了塞雅的庐山真面目。塞雅照着规矩，由乌苏嬷嬷一个个地介绍，她就一摔帕子，蹲下身去行礼，嘴里说着：

"奶奶吉祥！阿玛吉祥！额娘吉祥！小姑吉祥……"

这样子都轮过了，才轮到新月。乌苏嬷嬷一句：

"这是新月姨太！"那塞雅立刻眼睛发光地对新月看过来，丝毫都不掩饰眼里的好奇和崇拜。她特地往新月面前走了两步，喜悦地冲口而出："你就是新月格格？你的故事我都听说过了……""嗯哼！"雁姬重重地咳了一声，面罩寒霜，毫不留情地说，"塞雅，让我提醒你，她不是什么新月格格，她是新月姨太！以后不要乱了称呼！"

塞雅愣了愣，一脸的尴尬。新月已经习以为常，只是虚弱地笑了笑。努达海皱着眉头,竭力容忍。而骥远,脸上少有的一线阳光,又都一扫而空了。

塞雅是个非常单纯的姑娘,个性率直,这一点,倒和珞琳很像。但,珞琳是个小精豆子,聪明解人,很会察言观色,举一反三。塞雅不同,肠子是一根到底的,肚子里一点儿弯、一点儿转都没有。喜怒哀乐全都挂在脸上,天真极了,有时,简直带点儿傻气。嫁过来没多久,她和珞琳就成了好朋友。

这天,珞琳带着她逛花园,走着走着,就走到望月小筑门口来了。"这儿咱们别进去,"珞琳警告似的说,"这是新月住的地方。"一句话引起了塞雅所有的好奇。

"为什么呢?"她不解地说,两眼亮晶晶的,"她跟阿玛的故事,我统统知道,在家里的时候,我常常听我阿玛和额娘说起,说了好多好多,我对她真是崇拜极了!"

"你崇拜她?"珞琳惊奇地问,"真的崇拜她?"

"是啊!你想想看,她一个姑娘家,轰轰动动地私奔出京,听说只带了一个随从,居然天不怕地不怕地去了巫山,就为了找到阿玛,和他同生共死,这多么让人感动啊!什么世俗礼教,她都可以不管,已经指婚了,她也不顾,这真不是普通女子做得到的!我被她的故事,好几次都感动得掉眼泪呢!那时候,我已经知道自己被指给骥远了,所以对她和阿玛,更有一份特殊的感情,当他们回京的时候,我还跟我阿玛死缠活缠的,要他去向皇上说情,最后总算尘埃落定了,有情人终成眷属,你不知道我多么高兴啊!"

"难道,你没想过,他们这样的不顾一切,是对其他人的一种伤害吗？例如费扬古，例如我额娘……他们这样做，其实，是很自私，很不负责任的吗？"

"啊！"塞雅喊着，"如果她什么都想得到，什么都顾得到，她就不是新月格格了嘛！她就和我们这种被指婚就认命的普通女子一样了嘛！那么，这世界上就根本没有故事了嘛！"

珞琳以一种崭新的眼光看着塞雅，这种论调，她从来没有听过。她看着看着，叹了一口长长的气，伸手一握塞雅的手，有些激动地说："走！咱们拜访新月去！我相信，她会很想很想认识你！"

她们敲了望月小筑的门。当新月看到她们两个联袂来访时，那种又惊又喜的表情，那种手忙脚乱的欢迎，那种高兴得想哭的样子，和那种迫不及待的殷勤……使珞琳心中布满了酸楚。连云娃，都兴奋得不知所措了，一会儿端水果出来，一会儿端点心出来，一会儿倒茶，一会儿倒水，把一张小圆桌上面，堆满了吃的喝的。塞雅看着满桌子的点心，都不知道要从哪一样入手才好。"尝尝玫瑰酥饼吧！"新月忙端起玫瑰酥饼的盘子，不料珞琳同时说："最好吃的是玫瑰酥饼，不信你吃吃看！"

两人话一出口，就都忍不住互相看了一眼。塞雅笑嘻嘻地说："你们两个异口同声地推荐，那肯定好吃！"就拿了一块，吃了起来。新月用充满感情的眼光看着珞琳，说：

"我和珞琳都爱吃这个，有一次，两个人一面聊天一面吃这个，聊了一个下午，居然吃掉一整盒！"她叹了口气，"那种时光真好！"珞琳心中一热，颇不自在地避开了眼光。

塞雅却心无城府地嚷了起来：

"那多好！以后加我一个！我看啊，得准备两大盒的玫瑰酥饼才行！因为我好能吃！这么好吃，我一个人就能吃掉一盒呢！""只要你们肯来，要我准备多少盒都可以！"新月由衷地说。正谈得热闹，云娃又捧来一盘苹果。

"啊！苹果！"塞雅拍了拍自己的脑袋，"我被这个苹果整惨了！一辈子都忘不掉苹果了！"她看着二人，"你们知道吗？我成亲那天，这个苹果掉了两次呢！"

"两次？"新月和珞琳又异口同声地叫了出来，"啊？"

"你们都看到在院子里那次，你们不知道，在路上就掉过一次了！""啊？"两个人又"啊"了一声。

"在家里的时候哪儿受过这种折腾嘛！那轿子里太热了，我腾出一只手来扇扇风，结果轿子一晃，苹果就从我膝头上一路滚了出去，我听喜娘说，差点没把后头的队伍给摔成一团呢！"听到这儿，新月和珞琳都忍不住笑了。塞雅自己，更是笑得咯咯咯的。笑，是这么温柔又温馨的东西，它还具有传染性，会传给周围的每一个人，端着盘子的云娃也笑了，出来沏茶的砚儿也笑了，一边侍候的丫头们都笑了。这笑声，是望月小筑好久好久以来，都不曾听到过的了。

这是一个开始，从这次以后，珞琳和塞雅，就经常一起来望月小筑了。毕竟，三个女孩子的年龄都差不多，就有许多女孩子可以谈论的话题。而塞雅，她那么崇拜着新月，忍不住，就要问新月许多许多问题。

"你怎么敢去巫山呢？"

"万一你被敌人俘虏了怎么办呢?"

"万一你遇不到阿玛怎么办呢?"

"万一你迷路了怎么办呢?"

"是啊!"新月仰首看着天空,出起神来,"有那么那么多个'万一',当时,什么都想不到,只想,见不着他,我反正是不活了,既然死活都不在乎了,还有什么好怕的呢?"

塞雅神往地看着新月,爱死了她。而珞琳,忽然间就觉得自己那等待着嫁人的岁月,实在是太单调无聊了。

到了这个时候,珞琳的内心,已经原谅了新月。虽然,这种原谅,使她充满了矛盾和犯罪感。她觉得自己背叛了雁姬,却无法抗拒望月小筑的诱惑。何况,努达海看到她常常来,就喜欢得什么似的,那种喜悦巨大得像是一片无边无际的海洋,他就用这巨大的海洋把她包围住,轻声地说:"就快要嫁了!在家的日子已经不多了,多让我看看你的笑容,听听你的笑声好吗?现在,你的笑声对我来说,真是弥足珍贵呀!"珞琳的眼眶,立刻就潮湿了。

虽然珞琳原谅了新月,骥远呢?

第十三章

当骥远发现塞雅常常去望月小筑时,他立刻就毛焦火辣起来。他盯着她,没好气地说:

"望月小筑是咱们家的禁区,连丫头们都壁垒分明,知道利害轻重,不该去的地方就不去,你怎么一天到晚往那儿跑?跑出问题来,别说我没警告过你!"

"会有什么问题呢?"塞雅喜滋滋地说,脸上堆满了灿烂的笑,"你不知道,那新月好迷人啊!她每次看到我们,都高兴得不得了,又拿吃的又拿喝的给我们!她那么热情,那么真挚,对我又是知无不言、言无不尽的,让我好感动啊!她还常常跟我问起你来呢!"

"问我?"骥远心中怦然一跳,脸色显得有些苍白,"她问我什么?"他努力维持着声音的平稳。

"问得可多啦!你好不好呀?快不快乐呀?上朝忙不忙呀?和我处得好不好呀?合不合得来呀?还一直追问我,是不是很喜欢你呀……问得我挺不好意思的……"

"那……"骥远咽了口气,"你怎么回答呢?"

"我啊……"塞雅羞答答地说,"我都是实话实说嘛!我告诉她你挺好的,就是……就是……"她悄眼看他,嘟了嘟嘴,"不说了!""说啊!"他情不自禁地追问着,"我最讨厌人话说一半,吞吞吐吐的!""就是脾气有些古怪!"塞雅冲口而出了,"有的时候好得不得了,有时,说不高兴就不高兴了。我都摸不清你呢!新月就跟我说……"她又咽住了。

"唉!你会不会把话一口气说完呢?"

"好嘛好嘛!新月就说,你是个非常热情、非常正直、非常善良、非常坦率的人,而且好有才华有思想的,出身于富贵之家,也没有骄气,实在是很难得的。像你这样的人,一定有自己的个性,有自己的脾气。所以,要我对你温柔一些,忍让一些,千万千万不要和你发脾气!"

骥远的脸绷着,分不出自己听了这番话,是安慰还是痛苦。而塞雅,越说越高兴了,就继续说了下去:

"我觉得,新月实在是个好可爱好可爱的女子!你看咱们家的女人,可以说个个都不平凡,奶奶那么高贵体面,额娘那么雍容华贵,珞琳那么活泼大方,只有我差一点……嘻嘻……"她又笑了,"可是,新月不一样,她真的不一样,说美丽吧,她并不算顶美丽的,我觉得咱们家最美丽的人不是新月,是额娘呢!但是,新月是千变万化的!时而娇媚,时而纯真,时而一片坦荡,时而又风情万种。她给我的感觉好复杂,说都说不清楚……""静如处子,动如脱兔。"骥远不知不觉地接了口,"柔弱时是个楚楚可怜的女孩,坚强时是个无惧无畏的勇者,有一个年轻的躯体,有一颗成熟的心!""对啦!"塞雅欢呼地说,"你说得比我好!新月就是这样的,总之,她好迷人,我就被她迷住了嘛!没有办法嘛!"

骥远不说话了,心里充满了一种难以描绘的情绪,有一些儿失落,有一些儿惆怅,有一些儿悲哀,还有一些儿心痛。那种对新月的憧憬和幻想,又被再度勾引了出来。他注视着塞雅,就觉得塞雅太单纯了,太孩子气了。

塞雅是真的迷上了新月,不知道怎样才能讨新月的喜欢,她开始把自己的一些家当都往新月房里搬。翻箱倒柜的,每天都找一些新鲜玩意去送给新月。今天送扇子,明天送花瓶,后天送发簪,再后天送珍珠……简直送不完。新月又感激又感动,在塞雅进门以前,望月小筑早已成了新月和努达海的"监牢",虽然牢房里有着春天,但是,监牢仍然是监牢。缺乏生气,缺乏欢笑,缺乏自由,也缺乏友谊。现在,塞雅把所有的"缺乏"都给填满了。新月对塞雅,真是从内心深处喜欢她,也不知道要怎样讨塞雅的喜欢才好。

望月小筑里的欢笑,是带着传染性的。很快地,就传染给了老夫人。于是,老夫人也经常去望月小筑,跟大家一起吃吃喝喝,谈谈笑笑了。雁姬并不知道,忧郁和仇恨会把身边的每一个人都赶走。忽然间,她发现,自己完全被孤立了。这天,当望月小筑的笑声已经关不住了,穿墙越户地传到雁姬的耳朵里去的时候,雁姬整个人都被惊惧和悲愤给击倒了。"去给我把珞琳和塞雅都叫来!"她对甘珠说。

珞琳和塞雅匆匆忙忙地赶来了。只见雁姬脂粉未施,眼神涣散,衣衫不整,发丝零乱。珞琳一看,就吓了一跳,急忙问:"额娘,你怎么了?生病了吗?哪儿不舒服吗?"

"你真关心我吗?"雁姬怒气冲冲地说,"我死了你们不是皆大欢喜吗?求之不得吗?"

"额娘怎么这样说呢?"珞琳不禁变色。

"那你要我怎么说呢?"雁姬尖锐地问,"你们在望月小筑里,笑得那么高兴,哪儿还有心思来管我是生是死?望月小筑里多好玩呀,有青春,有欢笑,有故事,有你们那伟大的阿玛,和烟视媚行的新月……你们眼里心里,还有我吗?有吗?有吗?"塞雅惊讶得张口结舌,愣愣地看着失神落魄的雁姬,什么话都不敢说。珞琳却扑向雁姬,急急地解释着:"不是咱们不想陪你,你不知道,有时候咱们陪着你,你也是郁郁寡欢,一声不吭的,我们都不知道找什么话来跟你说才好!你常常拒人于千里之外,又常常乱发脾气,我们实在是有些怕你呀!""怕我?"雁姬一噘地站起身来,瞪大了眼睛,直问到珞琳脸上去,"你为什么怕我?咱们是母女呀!所谓的母女连心,我的苦,我的痛,你应该比任何人都了解!就算不了解,你也不至于要去推波助澜呀!你这样倒向新月,你到底把我置于何地呢?""不是不是!"塞雅插进嘴来,急于帮珞琳解围,"额娘别生气了,都是我不好,都怪我,是我老拉着珞琳陪我去望月小筑,是我闲不住,喜欢逛嘛!额娘如果不喜欢,咱们以后少去就是了!""你不要以为你也是一个格格,就和新月一个鼻孔出气!"雁姬的怒火蔓延到了塞雅身上,"你好歹是我的儿媳妇,别在那儿弄不清楚状况……""额娘!"珞琳心里一酸,扑过去抓住雁姬,摇撼着她,迫切而哀恳地喊,"停止吧!停止这场战争吧!我忍了好久好久,一直想跟你说这句话,原谅了新月和阿玛吧!这样充满了仇恨的日子,你过得还不够?为什么不试试宽恕以后,会是怎样一种局面?说不定会柳暗花明呢?"

"你说的这是人话吗?"雁姬激动地一把抓起了珞琳的衣襟,吼着说,"这是谁教你说的?是谁让你来说的?"

"没有人教我,这是我心里的话!"珞琳喊着。

"你心里的话?"雁姬悲痛莫名地嚷,"你还有心吗?你的心早被狗吃了!你居然要我宽恕他们,要我向他们求和?那等于是向所有的人宣告我认输,我投降,然后呢?让新月的地位扶摇直上,堂而皇之地坐上第一把交椅,让我在失去丈夫之外,还要失去地位,失去尊严,是不是?是不是?你怕我失去的还不够多,还要逼我再多失去一些,你……你这个叛徒,你居然这样子来糟蹋你的母亲!"

"我不是要逼你失去任何东西,是为了你好!巴望你恢复原来的样子啊!"珞琳一边喊着,一边拉了雁姬,就把她拖到妆台前的镜子前面,"看看你自己,额娘,看看你自己吧!"她痛喊着:"我那个美丽端庄、亲切可人的额娘到哪里去了?你把自己弄得邋里邋遢,面黄肌瘦,用这种虐待自己的方式来争取关心,争取同情,这样就很有自尊吗?""住口!住口!"雁姬挣扎着,像一只困兽,"不要再说了!"

"我要说!我要说!"珞琳更激烈地摇着雁姬,"你已经变成一个想法怪异、说话不可理喻、行为乖张叫人难以亲近，甚至会害怕躲避的怪人了，你知不知道？"

雁姬盛怒之下，扬起手来，"啪"的一声，给了珞琳一个清脆的耳光。珞琳住了口，用手抚着面颊，不敢相信地看着雁姬，眼中盛满了惊愕和痛楚。然后，泪水就滴滴答答地滚落，她放开了雁姬，身子一直往后退，嘴里喃喃地，委屈而伤心地说：

"不是我背叛你，是你拒绝我，推开我，现在，更打了我！这样的额娘，我根本不认得，不认得呀！"

说完，她掉转身子，飞奔而去。

塞雅看得目瞪口呆，吓得魂飞魄散，呆呆地站着，简直不知道该如何是好。雁姬站在那儿，好半天动都不动。甘珠走过去，小心翼翼地扶她走到床边，搀着她坐下来，她就被动地坐着，两眼直直地看着前方，眼神空洞得吓人。过了好久，她才骤然间仆倒在床，痛哭失声。这一哭，像野兽垂死的干嚎，嚎尽了心中的每一滴血。塞雅被这样强烈的感情，惊得连思想的能力都没有了。

这天晚上，塞雅把白天发生的事告诉了骥远。骥远的脸色难看极了，对塞雅冷冷地说：

"你学一个乖，别再去望月小筑了，要不然，下次挨打的人，就轮到你了！懂吗？"

塞雅不懂。她不懂人生怎么有这么复杂的感情，在家里，她的父亲有四个姨太太，她的额娘很认命，说男人都是这样的，家里偶尔也有争风吃醋的事发生，都很快就结束了。真

133

不懂一个新月，怎会把努达海家，搅得天翻地覆？她问骥远，骥远却叹了口长长的气，也不跟她解释，一个人跑到书房去练字。把她留在那儿，想来想去想不通。

然后，珞琳来找她，两只眼睛肿得像核桃似的。

"咱们以后，不能再去望月小筑了。"珞琳悲哀地说，"最起码，我不去了，要去你一个人去！不过，我劝你也是不去的好！"塞雅点了点头，眼中盛满不舍和难过。

"额娘怎样了？还在跟你生气吗？"她小声问。

珞琳摇了摇头。"刚刚她来了我房里，又说又哭地讲了好半天，她毕竟是我亲生的娘呀！我好难过，觉得自己很不孝，把她弄得那么伤心……"她说着，又掉下泪来，"结果，她也哭，我也哭，母女两个，抱在一起哭了好久。所以，我现在决定，我不要再惹她伤心了！""怎会这样子呢？"她困惑而悲哀，"额娘为什么不看开一点呢？""如果有一天，骥远爱上了另一个女子，你会看得开吗？"珞琳忍不住问，"你能接受吗？"

塞雅茫然了。她还在新婚燕尔，她从没想过这样的问题。

"我想，人和人都不一样，问题只出在，我额娘爱我阿玛，爱得太多了！不知道可不可能，咱们人类，将来有一天，变成一夫一妻制，那就天下太平了！"

"如果真的那样，"塞雅迷惘地说，"新月怎么办？你阿玛碰到新月这样的女子，他又要怎么办？"

是啊！那样的天下，也不一定太平。或者，有人类，就不能太平吧！珞琳想不动了，头好痛。塞雅也想不动了，心

好乱。珞琳走了之后,塞雅去书房看骥远练字。骥远在好几张宣纸上,写满了相同的两个句子:

本待将心托明月,奈何明月照沟渠。

骥远一看到塞雅进来,就把所有的宣纸都揉成了一团,丢进字纸篓里。他的脸色凝重,眼神阴郁。身上心上,都好像沉甸甸地压着某种无形的重担。在这一刻,他距离她好遥远啊!实在不像一个甜甜蜜蜜的新郎官啊!塞雅迷迷糊糊地站着,有点儿神思恍惚。今天发生了太多的事,她真的想不动了。第二天的午后,塞雅一个人到了望月小筑。

新月一如往常地迎上前来,很惊讶地四面张望着:

"今天怎么来得这么晚?珞琳呢?怎么没有和你一起来?"

塞雅握住了新月的手,眼中,已凝聚了泪。新月立刻就变色了:"发生什么事情了,对不对?"

塞雅点了点头,叹了口气。

"昨晚额娘大发了一顿脾气,我……我真没想到,咱们之间的友好,会让她那么反感……更糟的是,珞琳冲动地顶撞她,被打了一个耳光!"新月咽了口气,整颗心沉进了地底。她知道,望月小筑中的欢笑已逝,好景不再。听到珞琳挨打,她更是惊怔莫名。

"她们母女闹得不可收拾吗?"她睁大眼睛问。

"是啊!闹得好凶,我从没看过母女之间这样吵法,把我吓坏了!不过,珞琳说,现在已经没事了,只是,她不能再来这儿了！至于我……恐怕以后也不能来了！"

新月咬紧了嘴唇，勉强地点了点头。面庞上的阳光，全体隐没了。"对不起！"塞雅的眼眶，迅速地潮湿了，"我真的非常非常喜欢你！来望月小筑的这段日子，也是我有生以来，最快乐的时光。演变成这样子，我……我实在太难过了！"说着说着，她的泪水就无法控制地滚落下来了。

新月被她这样一哭，立即就热泪盈眶了。她一手握紧了塞雅的手，另一手抓起手绢给她拭泪，哽咽地说：

"不要和我说对不起，你没有一丁点儿的错。这是我的命运，上天赐给了我努达海，收走了我和其他人的缘分，孤寂之苦，是我注定该受的！由于你的善良跟热情，已经让我额外享受了一段欢乐时光，我真应该好好谢你才是！"

"新月！"塞雅喊了一声，一时间，热情迸发，不可自已，扑在新月肩上，就"哇"的一声，大哭起来了。

新月又激动，又伤心，又舍不得，又难过……抱着塞雅，也哭了。两个女孩哭了好半天，才在云娃的安抚下勉强拭泪。两人泪眼相看，都是那样的依依不舍，真是越看越伤心。然后，新月一低头，瞥见自己胸前垂挂的项链，一个冲动之下，便伸手将项链取了下来："塞雅，这段日子以来，你送给我许多东西，有形的，无形的，丰富得让我无以为报，偏偏现在又变成这种情况，往后相聚的时候不多，我更无从回报了！那么，让我把这条新月项链送给你吧！"塞雅吓了一跳，慌忙推辞。

"不不不！这条项链，我看见你天天戴着，可见它是你最珍贵最重视的东西，这我怎么能收呢？"

"你说得不错，它确实是我最珍贵最重视的东西，它包含了许多人的心意，也牵系过深刻的感情，它对我来说，是意义重大的。正因为如此，我才想把它送给你。而且，我有一种奇妙的感觉，觉得这条项链应该属于你！我把心爱的东西送给心爱的人，正是让它适得其所！请你不要拒绝我！"

新月说得那么诚恳，塞雅感动万分，就由着新月，把项链戴上了。

第十四章

黄昏时候,塞雅刻意地换上一件和新月十分类似的红色衣裳,梳了一个新月最爱梳的凤尾髻,再簪上一对新月常常簪的凤尾簪。这对凤尾簪是翠蓝色的,垂着长长的银流苏,煞是好看。当初塞雅看新月戴着,太喜欢了,偷偷地去仿造着打制的。再戴上了新月的那条项链,对着镜子,她自己觉得,颇有几分新月的味道了。等骥远回来,会吓骥远一跳。她想着。为什么要刻意模仿新月,她自己也不太明白。主要是太崇拜新月了,太喜欢新月了。再来,也是有点淘气。或者,还想用这个模仿,冲淡一些和新月分开的哀愁吧!总之,她把自己打扮成了新月,连眉毛的形状,都照新月的眉形来画。口红的颜色,都是新月常用的颜色。然后,她就端端正正地坐在那儿,等骥远回家。塞雅想吓骥远一跳,她确实达到了目的。但是,她却不知道这场模仿的后果,竟是那么严重!如果她事先知道,恐怕打死她,她也不会去模仿新月!

当骥远回到家里,在朦胧的暮色中,乍然看到塞雅时,他的心脏就怦然一跳,几乎从口腔中跳了出来。他不敢相信地呆在那儿,嘴里低低地、喃喃地念叨着说:

"新月?新月?"塞雅故意低垂着头,骥远只看得到那凤尾簪上垂下的银流苏,和她胸前那条新月项链。他忽然就感到一阵晕眩,呼吸急促。他心跳的声音,自己都听得见。他的手心冒出了冷汗,整个人顿时陷进一种前所未有的紧张和慌乱里。因为,她那样静静地坐着,那样低垂着头,那样绕着小手绢,那样欲语还休……不!他心中蓦然发出一声狂叫:这不是新月!新月只有在他梦中,才会以这种姿态出现!他心里尽管这样狂叫着,嘴里吐出的却是怯怯的声音:

"新月?为什么你在这儿?"

塞雅突然抬起头来,笑了。

"哈!"她说,"我骗过了你!我是塞雅呀!"

骥远大大地一震,眼睛都直了。

"你……你是塞雅?"他呆呆地问,神思恍惚。

"是呀!"她欢声地说,站了起来,在骥远面前转了一个圈子,完全没有心机地问,"我像不像新月?像不像?"

骥远蓦然间,有一种被欺骗、被玩弄的感觉,在这种感觉中,还混杂着失望、失意和失落。他像是被什么重重的东西当头敲到,敲得头晕眼花,简直不辨东南西北了。然后,他就不能控制地狂怒起来。

"谁教你打扮成这样?谁教你冒充新月?"他对着塞雅大吼。塞雅吓得惊跳起来,从没看过骥远如此凶恶和狰狞,她慌乱得手足无措。"这……这……这是我……我……"她一紧张，竟结舌起来。"谁给你的衣裳？谁给你的发簪？谁给你的项链？"他吼到她的脸上去，"是新月，是不是？是不是？她要你打扮成这样，是不是？""不是！不是！"塞雅吓哭了，"是我自己打扮的，只是为了好玩……""好玩？"骥远咆哮地打断她，"你疯了！这有什么好玩？你什么人不好模仿，你要去模仿新月？"他抓起她胸前的衣服，给了她一阵惊天动地的摇撼，"你这个无知的笨蛋！这有什么好玩？你告诉我！告诉我……"

"我现在知道不好玩了，不好玩了嘛！"塞雅哭着喊。

"你从哪里弄来的项链？你说！"

"项链是新月送我的！衣服是我自己的，发簪是我定做的……""新月给你项链？胡说！"他怒骂着，"新月怎么可能把她的项链送给你？她怎么可能把这条项链送给你……"

"是真的！是真的！"塞雅边哭边说，"她说这条项链是她最珍贵的东西，但她愿意送给我，我也知道不大好，但她一定要给我，我只好收下嘛……我和新月，东西送来送去，是常常有的事，你干吗生这么大的气嘛！"

骥远的两眼，直勾勾地看着那条项链，那块新月形的古玉，那垂挂着的一弯弯小月亮……是的，这是新月那条独一无二的项链！他心中一阵撕裂般的痛楚，更加怒发如狂了。

"你给我拿下来！拿下来！"他嘶吼着，就伸手去摘那项链，拉拉扯扯之下，项链钩住了塞雅的头发，塞雅又痛又怕，哭着叫："你弄痛我了……为什么要这样嘛？"

"我弄痛你又怎样？谁叫你让我这么生气？家里的人哪个你不好学？你可以学额娘，可以学珞琳，甚至可以学甘珠，学砚儿，学乌苏嬷嬷……你就是不能学新月！我不准！我不准！我不准！我不准……""我知道了，知道了……"塞雅哭得上气不接下气，拼命点着头，"我以后再也不敢了呀！我谁谁谁……都不敢学了呀！"骥远终于夺下了那条项链，他红着双眼，瞪视着手里的项链。恨意在他的体内扩散，涨满了他整颗心，涨满了他整个人。"啊……"他发出一声狂叫，好像体内聚集了一股火山熔浆，非要喷发出去不可。他握紧了项链，掉头就冲出了房间，一口气冲向了望月小筑。像一只被激怒的斗牛，骥远撞开了望月小筑的院门，一直冲进了望月小筑的大厅。努达海还没有回家，新月和云娃正拉着克善量身，要给他做新衣服，因为他最近长高了好多。被骥远这样狂暴地冲进来，三个人都吓了好大的一跳。还来不及反应，骥远已直冲到新月的面前，用力地把手往前一伸，手指上缠绕着那条项链。他咬着牙，喘着气，死死地瞪着她问："这是你送给塞雅的吗？你是什么意思？你为什么把它送给塞雅？"新月被他的气势汹汹给吓住了，吃惊地睁大眼睛：

"你怎么这样问？我……我没有恶意呀！我只是要表示我的一番心意啊！""心意？"骥远受伤地怒吼，"你根本没有心才送得出手，如果你我之间，还有什么称得上是美好的，大概就剩下这条项链了！它代表还有一段纯真岁月是值得记取的，结果你却把它送人，连这一丁点儿你都把它抹杀了，你不觉得你太残忍了吗？"新月太震惊了，到了此时，才知道骥远对自己用情竟如此之深！她张口结舌，一时间，答不出话来。骥远恨恨的声音，继续地响着："我知道你根本不把我放在眼里，现在经过这么多不痛快的事以后，你甚至讨厌我，痛恨我，那么，你大可把这条项链扔掉，就像你弃我如敝屣一样！"他把项链"啪"的一声放在桌上，命令地大吼，"你现在就这么做，你摔了它，扔了它，砸了它，毁了它……你要怎么处理它都可以，就是别让它在另一个女人胸前出现！"克善被这样的状况又吓得脸色发白了，他缩在云娃怀里，惊慌地说："这条项链是咱们买的呀！为什么要砸了它，毁了它呢……""是呀！"云娃立刻接话，"少爷你别忘了，这条项链不是你送的，是克善送的呀！格格要送谁就送谁，你这样东拉西扯的，太过分了！"新月急忙把云娃和克善往里面房间推去。

"云娃，你给我看着克善，不要搅和进来！这儿我能应付，让我跟他慢慢地说！你们快走，快走！"

推开了克善和云娃，新月往前迈了一大步，急急地对骥远解释："请你不要这么生气，项链是我珍惜之物，绝不是随手可弃的东西，把它送给塞雅，确确实实是一番好意，我真的没想到这样会激怒你呀！""你也没想到她去做了一件和你一样的红色衣裳，打了一副和你一样的发簪，梳了一个和你一样的发髻，再戴上这条项链，变成了第二个新月！你也不会想到，当我下朝回家，来迎接我的，竟是一个假新月！你教我作何感想？你教我如何自处？我已经苦苦压抑，拼命掩饰了，我是这样辛苦地要遗忘、要摆脱，结果和我朝夕相处、同床共枕的人,却装扮成你的模样……你们两个,是存心联起手来,把我逼疯吗?"

新月太惊愕了:"有这样的事?我真的没有想到啊!"

"她成天在你这儿流连忘返,翻箱倒柜地找宝贝取悦你,满口的新月这样,新月那样……简直把你奉若神明!你的情奔巫山,对她而言,像是一篇传奇小说,你会不知道你对她造成多大的影响?我每天每天,必须忍受她说这个,说那个,这还不够吗?我逃也逃不开,避也避不开你的阴影,这还不够吗?你还要让她装扮成你来打击我、挫败我……"

"我没有,我没有,我没有!"新月急喊着,"我只是太高兴了,因为她肯跟我做朋友,我就受宠若惊了!我怎么会要打击你呢?我是这样战战兢兢,唯恐你们生我的气,我都不知道要怎样才能让大家都高兴,我发誓,我一直是这种心态,我怎么可能要打击你呢……"

"我不要听!"骥远咆哮着,"你如果为我设身处地地想过,你就应该远远地避开她!我心中的隐痛,她不了解,难道你也不了解吗?还是你压根儿就不在乎,还是你很乐意看到我受苦受难……""不……"新月惶恐地、哀恳地看着骥远,"不是这样,真的不是这样啊……我以为,塞雅已经治好了你心里的痛……""啊!不要对我说这种鬼话!"骥远更加受伤地狂叫,"你对别人的伤痛,是如此的不知不觉,你最少应该知道,这条新月项链,已经形同你的徽章一样,整个将军府都知道它的来历,它的故事,结果现在叫塞雅戴着到处跑,向所有的人提醒我的失败,提醒这个家族中发生的故事,你叫塞雅变成一个笑话,叫我无地自容,你知不知道?"

新月拼命地摇头,越听越惊慌失措,简直百口莫辩。泪水便夺眶而出。"骥远,你简直是……欲加之罪,何患无辞啊!"她痛苦地喊。"是我欲加之罪……好,好,是我欲加之罪!"他抓起桌上的项链,往她手中一塞,"你给我砸了它!你给我摔了它!你砸啊,摔啊……""我不!"新月握着项链,转身就逃,"这是我最宝贵的东西,我为什么要砸了它?你不了解我把它送给塞雅的深意,我收回就是了!我不砸!我不砸,我不……"

骥远此时,已失去了理智,他一个箭步冲上前去,一把就抓住了新月的手腕,拼命摇撼着她,嘴里大吼大叫着:

"砸了它!砸了它!砸了它……"

"我不要!我不要……"新月哭喊着,"放开我!放开我……"这样的大闹,把云娃、克善、砚儿和丫头们都惊动了,云娃一看这种局面,就冲上去救新月,嘴里十万火急地对砚儿喊:"快去请老夫人,请小姐,请塞雅格格……找得到谁就请谁,统统请来就是了!"砚儿飞奔而去。云娃扑向新月,去抓新月的手,要把新月从骥远的掌握下救出来,一面对骥远大喊:

"少爷!你放开格格呀!请你不要失了身份呀!少爷,你冷静下来啊……""我不要冷静!我也没有身份,我早就没身份可言了!你给我滚开!"骥远的手,仍然牢牢地扣住新月的手腕,抬起脚来,就对云娃踹了过去,云娃痛叫一声,整个人就飞跌出去,身子撞在桌子脚上,把一张桌子给撞翻了。

这一下，桌子上的茶杯茶壶，书书本本，香炉摆饰，全都稀里哗啦地摔碎在地上，碎片溅了一地都是。就在此时，努达海从外面回来了。他在院子里就听到了吵闹的声音，依稀是骥远在咆哮，他大吃了一惊。待到冲进门来，一看到这个局面，简直不相信自己的眼睛，当下就脸色大变，厉声地大吼："骥远！你在干什么？你反了吗？快放开新月……"说着，他一把就揪住了骥远肩上的衣服。

骥远看到努达海，也吓了一跳，抓住新月的手就松了松，新月趁此机会，拔脚就跑。骥远见新月跑了，居然拔脚就追。努达海这一下，气得浑身三万六千个毛孔，全都冒烟了。他扑了过去，对着骥远的下巴就挥了一拳。骥远连退了好几步，还没有站稳，努达海已整个人扑上去，抓着骥远拳打脚踢。嘴里怒骂着："你这个逆子，居然敢在望月小筑里作乱行凶，新月是你的姨娘，你不避嫌，不尊重，简直是不把我放在眼里！你这个混蛋！畜生！"骥远被努达海这一阵乱打，打得鼻青脸肿，他无从闪避，猛然间使出浑身的力量，振臂狂呼：

"啊……"这一使力，努达海在全无防备之下，竟被振得踉跄而退，差一点摔了一跤。努达海站稳身子，又惊又怒地瞪着骥远：

"你……你居然还手？"

"我受够了！"骥远再也忍耐不住，狂叫着说，"只因为你是老子，我是儿子，你就永远压在我头上，哪怕你不负责任，薄情寡义，自私自利，不问是非，比我还要混蛋千百倍！但因为你是老子，就可以对我大吼大叫……"

"放肆!"努达海对着骥远的下巴,又是一拳。"你看!你还是用父亲的地位来压我!什么叫放肆!你说说看!只有你能对我吼,我不能对你吼吗?你吼是理所当然,我吼就是放肆吗?你来呀!来呀……"他摆出一副打架的架势来,"今天你有种,就忘掉你是老子,我是儿子,咱们就是男人对男人的身份来较量较量,我老早就想还手,和你好好地打一架了!"努达海气炸了:"打就打!难道我还怕了你不成?"

于是,父子二人,就真的大打出手。新月站在旁边,急得泪如雨下。"不要不要啊!"她紧张地大喊着,"努达海,不可以!你把事情弄清楚再发脾气呀!骥远没有怎样啊……是我不好……是我不好……骥远,骥远!你住手吧!那好歹是你的阿玛啊……"两个暴怒中的男人,根本没有一个要听她的话,他们拳来脚往,越打越凶,房间里的桌子椅子,瓶瓶罐罐,都碎裂了一地。因为房子里施展不开,他们不约而同,都跳进院子里,继续打。努达海见骥远势如拼命,心里越来越气,重重地一拳挥去,骥远的嘴角就流出血来了。骥远用手背一擦嘴角,见到了血渍,就更加怒发如狂了。他大吼一声,一脚踹向努达海的胸口,力气之大,让努达海整个人都飞跌了出去。新月、云娃、克善和丫头仆人们,惊呼的惊呼,尖叫的尖叫,乱成一团。就在此时,老夫人、雁姬、珞琳、塞雅、阿山、莽古泰、甘珠、乌苏嬷嬷、巴图总管、砚儿……还带着其他的丫头家丁,浩浩荡荡地都赶来了。众人看到这个情形,都惊讶得目瞪口呆。然后,老夫人就气急败坏地叫了起来:

"天啊！怎会有这样荒唐的事情？怎么会闹成这个样子？太不像话了！老子和儿子居然打成一团，我这一辈子还闻所未闻，见所未见，你们……你们……咳！咳！咳……"老夫人一急，就剧烈地咳嗽起来，"你们还不给我停止！停止！咳……咳……""阿玛啊！骥远啊！"珞琳也尖叫着，"求求你们别打别打呀……""骥远！骥远！"塞雅吓得哭了，"为什么要这样子！你到底怎么了？""住手住手呀！"新月也哭喊着，"再打下去，你们一定会两败俱伤，努达海，求求你不要再打了……"

就在大家你一言、我一语的喊叫声中，努达海和骥远的打斗仍然在继续，两人都越打越火，下手也越来越重。努达海一个分神，被骥远的螺旋腿连环扫到，站不稳跌了下去。骥远立刻合身扑上，两人开始在地上翻滚扭打。老夫人气得快晕过去了，直着脖子喊："阿山，莽古泰，你们都站在那儿发什么呆？还不给我把他们拉开！快动手呀！快呀……"

莽古泰、阿山、巴图和好几个壮丁，立刻一拥而上，抱脖子的抱脖子，抱腿的抱腿，硬生生地把二人给分开了。莽古泰和阿山扣着努达海，巴图和几个家丁死命拖开了骥远。两人看起来都非常非常地狼狈，骥远的嘴角破了，血一直在流。努达海左边眉毛上边划了一条大口子，半边脸都肿了。至于身上，还不知道有多少的伤。两个人被拉开远远的，还张牙舞爪地怒瞪着对方。塞雅立刻跑到骥远面前，用一条小手绢给他擦着嘴角的血渍，泪水滴滴答答地一直往下掉。

"看你弄成这样子，要怎么办嘛？明天早上怎么上朝嘛！"

"打伤了哪儿没有？"老夫人伸过头来问，却也情不自禁地回头去看努达海，"你呢？我看，巴图，你赶快去教场里把鲁大夫请来，给他们父子二人好好地瞧一瞧！"

"不用了！"努达海挥了挥手，"我没事！"他挣开了莽古泰和阿山的搀扶，想往屋子里走去，脚下，依旧掩饰不住地踉跄了一下。新月立刻上前扶住。她手中，仍然紧握着那条闯祸的新月项链。"好了！好了！两个人回房去给我好好地检查检查，该请大夫就请大夫，不可以忍着不说！"老夫人息事宁人地说着，"雁姬、塞雅，我们带骥远走吧！新月，努达海就交给你了！"

新月连忙点头。"乌苏嬷嬷！叫大家散了，该做什么就做什么去！"老夫人再说。于是，老夫人、珞琳、塞雅和雁姬，都簇拥着骥远离去。雁姬从头到尾都没说过话，只是用那对冰冷冰冷的眸子，恨恨地盯着努达海和新月。此时，他们一行人都从新月和努达海身边掠过，雁姬在经过两人面前时，才对新月冷冷地抛下了两个字："祸水！"新月一震，浑身掠过了一阵战栗。努达海感到了她的战栗，就不由自主地也战栗起来。两人互视了一眼，都在对方的眼光中，看出了彼此的痛楚。这痛楚如此巨大，两个人似乎都无力承担了。这天晚上的将军府，笼罩在一片阴郁的气氛里。无论是雁姬房、骥远房，还是望月小筑，都是沉重而忧伤的。

骥远躺在他的床上，十分不耐地忍受着老夫人、雁姬、珞琳和塞雅的轮番检视和疗伤，老夫人知道他只是皮肉伤之后，就忍不住开始数落他了："不是早就三令五申了，谁都不许去望月小筑闹事的吗？你为什么不保持距离，一定要去招惹你阿玛呢？你已经老大不小，都娶媳妇的人了，怎么还这样任性？尤其不应该的，是居然和你阿玛动手，这不是到了目无尊长的地步了？你怎么会这个样子呢？"骥远的怒气还没有消退，闭着眼睛，一句话也不回答。雁姬越听越不服气，在一边接口说：

"额娘，一个巴掌是拍不响的！骥远一向规矩，别人不去招惹他，他也不会去招惹别人的！至于打架，不是我要偏袒他，做老子的也应该有做老子的风度，如果骥远不还手，由着他打，只怕现在连命都没有了！别尽说他目无尊长，要问问努达海心里还有没有这个儿子！"

"你不要再火上浇油了好不好？"老夫人有些激动起来，"一个是我儿子，一个是我孙子，谁伤到谁，我都会心痛死！骥远有什么不满，应该先来找我，不该自个儿横冲直撞，何况小辈对长辈，无论怎样都该让三分，这是做人的基本道理！我这样讲他两句，有哪一句讲错了？"

"问题是，"雁姬仍然没有停嘴，"骥远的不满，恐怕不是额娘您能解决的……"眼见老夫人和雁姬又将掀起一场新的战争，骥远立刻从床上翻身而起，急急地说：

"好了好了！奶奶教训的是！一切都是我的不对，这样行了吗？可不可以让我睡一睡呢？我的头都要爆炸了！"

"好好好……"老夫人急忙说，"咱们都出去，让他休息休息……塞雅，你陪着他，看他想吃什么，喝什么，就马上叫丫头来告诉我！""是！"塞雅低低地应着。

"走吧！"老夫人带着雁姬和珞琳，退出了骥远的房间，走到门口，骥远忽然喊："奶奶……"老夫人回过头去。"您最好去看看阿玛……"骥远冲口而出，"打起架来，谁都没轻没重……"老夫人看着骥远，为了骥远突然流露的亲情而眼眶潮湿了。她对骥远深深地点了点头，匆匆地走了。

房间里剩下了塞雅和骥远。塞雅开始呜呜咽咽地哭泣起来。一边哭着，一边委委屈屈地说：

"我被你吓也吓够了，凶也凶够了，可我到现在还糊里糊涂，你可不可以告诉我，到底为什么你要发这么大的脾气？为什么一条项链会弄成这样惊天动地的？你跟我说说呀！"

骥远转过身子，面朝里卧，想逃开塞雅的询问。塞雅不让他逃，用手扳着他的肩，她把他拼命往外扳。

"不行，你得跟我说清楚，我是你的妻子，你没有什么话不能对我讲！你这样大发脾气，到底是因为你太讨厌新月，还是因为你太喜欢新月？你……你……"她越想越害怕，越想越疑心，"你不要把我当成傻瓜，我再傻，也看得出来这里面的文章不简单，是不是……是不是……"她的泪水拼命往下掉，"是不是你和新月有过什么事？她一直住在你家里，是不是她跟你也有……跟你也有什么故事？你……你说呀！你告诉我呀……"骥远一唬地回过身来，抓住塞雅的臂膀，就给了她一阵惊天动地的摇撼，嘴里嘶哑地吼叫着：

"住口！住口！不要再说一个字，不要再问一个字！你侮辱了我没有关系，你侮辱了新月，我和你没了没休！你把她想象成怎样的女人？你脑袋里怎么如此不干不净？这个家里如果有罪人，这个罪人是阿玛，是我，但是，绝不是新月！"

塞雅张大了嘴，瞪视着骥远，越听越糊涂，只有一点是听明白了：骥远对新月，确实是太喜欢了！甚至，是太太太喜欢了！她怔了怔，蓦然转身，往屋外就跑，说：

"我去问新月！"骥远飞快地跳起来，拦门而立，苍白着脸，沙哑地说：

"不许去！我已经闹得太凶了，你不能再去闹了，丢人现眼的事，今天已经做够了，你，给我维持一点自尊吧！"

她瞪着他，眼睛睁得又圆又大。

"我的假面具已经拆穿了，我也没有力气再伪装了！你最好识相一点，不要再烦我了！你已经有了我的人，请你不要管我的心！"她的眼睛睁得更大了，张开了嘴，她想说话，却说不出任何一个字，心中，排山倒海般涌上了一股悲切的巨浪，这巨浪仿佛从她嘴中，一涌而出。她便"哇"的一声，痛哭失声了。骥远头痛欲裂，心烦意乱，抓着她的胳臂，又是一阵摇撼："别哭别哭！"他嚷着，"让我坦白告诉你吧，结婚那天，就是因为你那么爱笑，一再对我露出你甜美的笑容，我才会怦然心动地要了你，假若现在你要做一个哭哭啼啼、动不动就掉眼泪的女人，我会对你不屑一顾的！你信不信？"

塞雅再"哇"了一声，哭得更凶了。骥远用手抱住头，转身就去开房门，嘴里乱七八糟地嚷着：

"我走！让你去哭个够！"

塞雅想都没想，一把推开了骥远，用自己的背去抵在房门上，把整个身子，都贴在门板上，不让他走。她用手臂和衣袖，忙不迭地去擦着脸上的泪，泪是越擦越多，她也弄了个手忙脚乱，脸上的胭脂水粉，全都糊成一片。她喉中不断地抽噎，却不敢哭出声来，弄得十分狼狈。她一边拼命地摇头，一边不住口地说："不哭不哭，我不哭，不哭……"

骥远看着她那种狼狈的样子，忽然间，就觉得自己是混蛋加三级，简直一无可取，莫名其妙。他垂下头去，在强烈的自责的情绪下，根本不知该如何自处了。

同一时间，老夫人带着珞琳，捧着祖传的专治跌打损伤的药酒，专门送去望月小筑。努达海看到老母如此奔波，又疼孙子，又疼儿子的，心里的后悔和沮丧，简直无法言喻。老夫人看他的表情，已知道他的难过，拍拍他的手背，她不忍责备，反而慈祥地安慰他：

"放心，骥远只有一些皮肉伤，已经上过药了，都没事！你呢？有没有伤筋动骨的？可别逞强啊！"

"我也没事！"努达海短促地说。

老夫人抬头看新月，新月眼中泪汪汪，欲言又止。于是，老夫人知道，努达海一定挨了几下重的。心中又是怜惜，又是心痛。见努达海默默不语，眼中盛满了无奈和沉痛，就又拍拍他的手说："父子就是父子，过两天，就雨过天晴了。嗯？"

努达海点了点头，说不出任何话来。珞琳看着鼻青脸肿的努达海，又看着站在一边默默拭泪的新月，觉得心里的酸楚，一直满起来，满到了喉咙口。她扑了过去，一下子就扑在努达海怀中，掉着泪说：

"阿玛！咱们家是怎么了？真的没有欢笑了吗？"

努达海把珞琳的头，紧紧地往自己怀里一揽，眼睛闭了闭，一滴泪，竟从眼角悄悄滑落。努达海是从不掉泪的，这一落泪，使老夫人悲从中来，再也忍不住了，泪水就泉涌而出。新月急忙掏出手绢，为老夫人拭泪，还没拭好老夫人的泪，自己却哭得稀里哗啦了。这样一来，祖孙三代都拥在一起，泪落不止。老夫人搂着新月，哽咽地说：

"努达海，新月，你们两个这种生死相许的爱，我并不是十分了解，雁姬那种咬牙切齿的恨，我也不是十分了解。至于骥远这笔糊糊涂涂的账，我更是无从了解。我只希望，有个相亲相爱的家，没料到，在我的老年，这样普通的愿望，竟成了奢求！"努达海痛苦地看着老夫人，沙哑地说：

"额娘！让您这样难过，这样操心，我实在是罪孽深重！走到这一步，我方寸已乱，真不知该如何是好！但是，请您放心！今天的事，再也不会发生了！"

老夫人一边掉泪，一边拼命点着头。

珞琳从努达海怀中抬起头来，含泪看着努达海，哀恳地说："阿玛！你再给额娘一个机会吧！"

"不是我不给她机会，是不知道怎样给她机会！我和她之间，已经闹得太僵了！"努达海悲哀地说，"珞琳，你不懂，你的额娘，是那么聪明、那么骄傲的一个女人，她要我的全部，而不是我的一部分。如果我去敷衍她，会造成更大的伤害。我的背叛已成事实，像是在她心上挖了一个大洞，我却没有办法去补这个洞，我真的是筋疲力尽了！今天，又发生了和骥远的冲突，我才深深了解到，爱，真的像水，水能载舟，水能覆舟！"珞琳看着努达海，感觉到他那种深深的、重重的、沉沉的、厚厚的悲哀，这悲哀真像一张天罗地网，把全家所有的人，都网在里面了。连还是新娘子的塞雅，也逃不掉。她难过极了，心里被这份悲哀完完全全地涨满了。

老夫人和珞琳走了之后，这份悲哀仍然沉重地塞满了整个房间，和那夜色一样，无所不在。

新月和努达海，半晌无语，只是泪眼相看。然后，新月拿着药酒，开始为努达海揉着受伤之处。她细心地检查，细心地敷药。看到努达海满身都是青紫和瘀血，她的泪又扑簌簌地滚落。努达海一把拉过她的身子来，把她拉得滚倒在他的怀中，他用一双有力的手臂，把她紧紧地圈在自己的怀里，他哑声地、痛楚地说："新月，咱们走吧！""去哪里？"新月问。"你在乎去哪里吗？荒山旷野，了无人烟的地方，你去不去？"新月把头紧紧地埋在他的肩窝里，埋得那么重，那么用力，使他肩上的伤处都疼痛起来。她知道，但她不管。她用更有力的声音，铿然地说：

"天涯海角，我都随你去！"

第十五章

努达海父子这场架，打得两个人都身心俱伤，足足有半个月的时间，父子俩见了面都不说话。各自躲在自己的角落，默默地疗治着自己的伤口。为了避免尴尬场面，两人都尽量避开见面的机会。骥远变得很不爱回家，常常在外面逗留到深更半夜。努达海下了朝，总是直奔望月小筑，家里的气氛非常凝重。老夫人和珞琳急在心里，却不知道如何去化解。其实，父子二人心中都充满了后悔和沮丧，但，两个人的个性都很倔强，谁都不愿先去解这个结。

这种僵局，一直延续到夔东十三家军的军情传来，巫山再度成为朝廷大患的时候，两人才在朝廷上，针锋相对地说起话来。这天，皇上登上御座，众臣叩见，罗列两旁。皇上忧心忡忡地看着文武百官，十分烦恼地说：

"八百里加急连夜到京，这夔东十三家军势如破竹，我军又败下阵来，安南将军殉职！如今十三家军已威胁到整个四川地区,令朕寝食不安,不知如何是好!"

众臣一听是十三家军,都面面相觑,接着就纷纷低下头去,沉默不语。就在此时,忽然有个人排众而出,朗声说道:"臣请旨,请皇上让臣带兵去打这一仗!"

大家惊愕地看过去,此人竟是年方二十岁的骥远。皇上一怔,说:"你?""臣蒙皇上恩宠,一路加官封爵,却在宫中坐食俸禄,令臣非常惶恐不安,此时国家有难,正是臣为朝廷效力,忠君报国的时候到了,请皇上降旨,让臣带兵前往,定当誓死保家卫国!"皇上还来不及回答,文武百官中,又有一个人排众而出了:"皇上容禀,骥远血气方刚,自告奋勇,固然是勇气可嘉,但是率军打仗,非同小可,责任重大,而且我军屡战屡败,可见十三家军非等闲之辈。骥远未曾出过京畿,又毫无实际作战的经验,如何能担此重任?臣恳请皇上,让臣带兵前去,以雪前耻!臣已有上次作战之经验,又抱必胜之决心,或可力歼强敌,为朝廷除此心腹大患!"

这人不是别人,正是努达海。

骥远见努达海这样说,就有些急了,连忙对皇上躬身行礼,接口说:"臣虽然不曾打过仗,并不表示臣不会打仗,何况臣自幼习武,饱读兵书,就是希望有朝一日,能上战场!家父为国尽力,已征战无数,请将这次机会,给身为人子的骥远,免去家父驰骋疆场,戎马倥偬的操劳!"

"臣斗胆直言,"努达海立即说道,"臣今年才四十二岁,正是壮年,有身经百战的经验,有戴罪立功的决心,何况对那巫山的地形,早已十分了解,实在没有不派遣臣去,而派遣骥远去的道理……"皇上看着这父子二人，真是感动极了。

"好了，好了，你们父子二人，争先恐后地要为朝廷效命，实在让我感动。不过，努达海说得很有道理，这夔东十三家军，不是寻常的军队，除非是沙场老将，不足以担当大任，所以，朕决定以努达海为靖寇大将军，统率三万人马，即日出发！"努达海立刻大声说："臣遵旨！""皇上！"骥远着急地喊，"臣不在乎挂不挂帅，也不在乎功名利禄，只想出去打仗，做点有志气、有意义的事！请皇上恩准，让臣跟在阿玛旗下，一同前去歼敌！官职头衔都不要！"努达海一阵震动，深深地看了骥远一眼，急在心里，不得不又接口："皇上，骥远是臣的独子，臣尚有老母在堂，不敢让家中没有男丁……""独子就必须在脂粉堆中打转，在金丝笼中豢养吗？人说虎父无犬子，又说强将手下无弱兵，阿玛身为朝廷武将，难道不知道奔驰沙场，奋勇杀敌，才是一个男子汉应有的志向吗？"皇上一拍御座的扶手，龙心大悦，称赞着说：

"好极了！倘若我大清朝众卿，人人像你们父子一般，早就是天下太平了！好！果然是虎父无犬子，朕就命你为副将军，随父出征吧！骥远，你好好地给朕出一口气！"

"喳！"骥远大声应着，"臣谨遵圣谕！"

努达海至此，已无话可说，看着豪气干云的骥远，他忽然觉得，骥远终于脱茧而出了。他心里十分明白，骥远的请缨杀敌，和自己的自告奋勇，有相同的原因，这场家庭的战争，已经使两人都心力交瘁了。不如把那个小战场，挪到大战场上去。不如让这个不知何去何从的自己，去面对一场真正的厮杀！看着骥远那张稚气未除的脸孔，想到战场上的刀剑无情，他的内心隐隐作痛，在一种舍不得的情绪里，也有一份刮目相看的骄傲。此时此刻，对骥远的愤怒，已经变得虚无缥缈了。这天晚上，整个将军府，陷入前所未有的紧张和混乱里。大厅中，除了新月以外，全家都聚集在一块儿，人人激动，个个伤心。老夫人惶惶然地看看骥远，又看看努达海，再去看看骥远，又再去看看努达海，眼光就在父子二人的脸上逡巡，完全不能相信这个事实，也不能接受这个事实。她不住口地问："这事已经定案了吗？还有没有转圜的余地？如果我去求太后，可不可能收回圣命？"她的眼光停在努达海脸上了，"你怎么不试图阻止？骥远还是个孩子呀！他又刚刚成亲不久，怎么能上战场？何况又是那个十三家军！又要上巫山……"

"奶奶！"骥远喊，"您老人家别去破坏我好不容易争取来的机会！是我一再请命，皇上才恩准我去的！""你一再请命？"塞雅脸色灰败，语气不稳，"你为什么要请命呢？你从没有打过仗，皇上怎么会让你去呢？"

"你们不要大难临头似的好不好？凡事都有个第一次，阿玛不也是从第一次开始的吗？身为将门之子，迟早要上战场，这应该是你们大家都有心理准备的事！事实上，我等这一天已经等了很久了，终于等到了，我兴奋得很，你们大家，也该为我高兴才对！""骥远说得很对！"努达海开了口，"这是迟早要开始的事，与其让他跟着别人，不如让他跟着我！"

"这道理我是懂得的，"老夫人的声音微微颤抖着，"可是，父子二人共赴沙场，怎不教人加倍担心呢？"

"阿玛！骥远！"珞琳知道，圣命已下，是不可能再改变的了。父子同上战场，已成定局。珞琳就奔了过去，一手拉着努达海，一手拉着骥远，用发自内心的、充满感动的声调嚷着："我真为你们两个而骄傲，真希望我也是男儿身，可以和你们一起去打仗！将帅同门，父子联手，这是咱们家最大的荣光啊！可是，你们两个，一定一定……"她加强了语气，重复地说，"一定一定要为了我们，保护自己，毫发无伤地回来啊！"

这样一番话，激动了老夫人，含泪向前，也把两个人的手握住了："珞琳说进了我的心坎里！真的，我的儿子，我的孙子呀，你们两个，要彼此照顾，彼此帮忙，父子一心，联手歼敌才是！去打一个漂漂亮亮的胜仗回来，家里的恩恩怨怨就一起抛开了吧！""额娘，"努达海正色地、诚恳地说，"您放心！我们父子两个，会如您金口所说，打一个漂漂亮亮的胜仗回来！"

"是！"骥远此时，已雄心万丈了，"奶奶，额娘，珞琳，塞雅……你们都不用担心，我们一定会打赢这一仗，等我们凯旋的时候，我保证，会给你们一个崭新的骥远！"

"我已经看到这个崭新的骥远了！"珞琳说。

塞雅见到骥远神采飞扬的样子，真不知道是悲是喜，是哀是怨，是该高兴还是该忧伤，是觉得骄傲还是觉得失落，心情真是复杂极了。比塞雅的心情更加复杂的是雁姬，在这全家聚集的大厅里，大家都有共同的爱与不舍，她呢？站在那儿,她凝视着骥远,这十月怀胎,二十年朝夕相处的儿子,即将远别,对她而言,岂是"不舍"二字能够涵盖的?她的心,根本就碎了。当了二十年将军之妻,她早已尝尽了等待和提心吊胆的滋味。现在,眼看丈夫和儿子将一起远去,她只觉得,自己整颗心都被掏空了。站在那儿的自己,只剩下了一副躯壳,这副躯壳中什么都没有了,薄得像是一片蝉翼,风吹一吹就会随风而去。没有心的躯壳是不会思想的,薄如蝉翼的躯壳是不会痛楚的。但是,她的思想仍然纷至沓来,每个思维中都是父子二人交叠的面孔。她的心仍然撕裂般地痛楚着,每一下的痛楚里都燃烧着恐惧。她将失去他们两个了!这样的家,终于逼走他们两个了!就在这凄凄然又茫茫然的时刻里,努达海走到了她的面前,深深地凝视着她,哑声地说:

"我和骥远,把整个的家,托付给你了!每次我出门征战,你都为我辛苦持家,让我没有后顾之忧,你不知道我多么感激,再一次,我把家交给你了!另外,我把新月和克善,也交给你了!"雁姬胸中"咚"的一声巨响,那颗失落的心像是陡然间又装回到躯体里去了。她睁大了眼睛,愕然地瞪视着努达海,嗫嚅地说:"你……你?"她说不出口的是一句:"你相信我?"

"我相信你!"他沉稳地说,答复了她内心的问话,"至于骥远,你就把他交给我吧!"

泪水,顿时冲破了所有的防线,从雁姬眼中,滚落了下来。当努达海回到望月小筑的时候,新月已经知道一切了。

和全家的紧张相比,她显得平静而忙碌。她正忙着整理行装,把努达海的贴身衣物,都收拾出来,一一折叠,准备打包。她也给自己准备了一些衣物,都是些粗布衣裳。那些绫罗绸缎,都已经用不着了,铜环首饰,也都用不着了。除了胸前仍然佩戴着那条新月项链,她把其他的首饰都交给了云娃。握着云娃的手,她郑重地托付:

"克善就交给你和莽古泰了!你们是他的嬷嬷爹和嬷嬷妈,事实上,也和亲爹亲妈没什么不同了。我走了以后,你们可以信任珞琳和塞雅,有什么事,去找她们,她们一定会帮忙的。万一这儿住不下去的时候,就进宫去见太后。克善是个亲王,迟早要独立门户的!你们两个好好跟着他!"

听到新月的语气,颇有交代后事的味道,云娃急得心都碎了。"格格,你这次可不可以不去了?"她问。"你说呢?"新月不答,却反问了一句。

云娃思前想后,答不出话来了。

"那么,和上次一样,让莽古泰陪你去,我留在这儿照顾克善!""不!上次我是单身去找努达海,所以让莽古泰随行,这次我是和努达海一起走,有整个大军和我在一起,不需要莽古泰了!克善比我更需要你们!假若你们心中有我,就为我好好照顾克善吧!"正讨论着,努达海进来了,一看到室内的行装,和正在生气的克善,努达海已经了解新月的决心了。示意云娃把克善带了出去,他关上房门,转过身子来,面对着新月。

"新月,听我说,我不能带你去!"

新月走到他的面前,用双手揽住了他的脖子,注视着他的眼睛,静静地说:"天涯海角,我都随你去!"

他用力拉下了她的胳臂,也注视着她的眼睛,严肃地说:

"只要不是去打仗,天涯海角,我都带你去!可是,现在是去打仗,我不能让你分我的心,也不能不给弟兄们做个表率,我不能带你去!如果你爱我,就在家里等我回来!"

"我试过一次等待的滋味,我不会再试第二次!"她依旧平平静静地说,"荆州之役以后,我曾经跟着你行军三个月。巫山之役,我又跟着你的军队,走了一个月才回到北京。对我来说,行军一点也不陌生。在你的军队里,一直有军眷随行,做一些杂役的工作,我去参加她们,一路上为你们服务,你会看到一个全新的我,绝不哭哭啼啼,绝不娘娘腔,绝不拖泥带水!我不会是你的负担,我会是你的定心丸!如果我留在这里,你才会牵肠挂肚,不知道我好不好,会不会和雁姬又闹得天下大乱,也不知道我会不会熬不住这股相思,又翻山越岭地追了你去!那样,才会分你的心!"她对他肯定地点点头,"相信我,我说得一定有道理!绝不会错!"

他盯着她,仍然摇头。

"你说得很有道理,可是,我还是不能让你去!那些军中雇佣的妇女,都是些剽悍的女子,她们骑马奔驰,有时比男人都强悍。你怎能和她们相提并论?"

"你忘了我是端亲王的女儿了?你忘了我的马上功夫,是多么高强了?你甚至忘了,我们来自关外,是大清朝的儿女,都是在马背上翻翻滚滚长大的了?"

他仍然摇头:"我不能让你吃这种苦,也不能把你放到那么危险的地方去……""你已经下定决心,就是不要带我去了,是不是?"她问。

"是!""好!"她简单地说,"那么,你走你的,我走我的!巫山这条路,你很熟,我也很熟!"

"新月,"他用双手扳起了她的脸孔,"你要不要讲道理?"

"道理,我已经跟你讲了一大堆了。我现在不跟你讲道理了。我只要告诉你,你允许我跟你一起去,我就跟你一起去,你不允许我跟你一起去,我还是会跟着你!我这一生,再也不要和你分开,跟你是跟定了!无论你说什么,无论你用软的硬的,你反正赶不走我!"

他凝视着她。她仰着脸,坚定地、果断地回视着他。她的眼睛亮晶晶的,闪耀着光华。整个脸孔,都发着光,绽放出一种无比美丽的光彩。他投降了。把她拉入怀中,他紧紧地抱住了她,低叹着说:"好了,我投降了,我带你去!我想明白了,你是这样牵系着我的心,我们两个,谁都逃不开谁了!如果不带着你,说不定我没有被敌人打死,先被思念给杀死了!"

新月将跟随努达海一起去战场,这件事,再度震动了将军府,震动了府中的每一个人。但是,大家仔细寻思,想到上次新月情奔巫山的故事,就对这件事有了相当程度的了解。在惊怔之余,都不能不对新月的勇气和决心,生出一种惊叹的情绪来。连日来,大家都忙忙乱乱的,准备着父子二人的行装,也忙忙乱乱的,整理着临别前的思绪。到了别离时候,时间就过得特别地快,转眼间,已是临别前夕。塞雅看着即将启程的骥远,实在是愁肠百折,难过极了。她心里藏着一个小秘密,一直到了这临别前夕,都不知道是该说还是不该说。骥远看到塞雅一直泪汪汪的,欲言又止。想到自己婚后,实在有诸多不是,委屈了塞雅,心里就生出一种怜惜来。伸手握住了塞雅的手,他诚挚地说:

"塞雅,请原谅我不好的地方,记住我好的地方。这次远行,对我意义非凡,我觉得,它会让我脱胎换骨,变成你喜欢的那个骥远!""你一直是我喜欢的骥远呀!"塞雅坦白地说着,泪珠挂在睫毛上,摇摇欲坠,"是我不够好,常常惹你生气。可我真的好想好想讨你喜欢呀!有时就会讨错了方向,越弄越拧。现在,我有一点明白了,可你又要走了……"

"我很快就会回来的!"他柔声地说,"我向你保证,我会小心,会照顾自己,我有一个很强烈的预感,我和阿玛,一定会打赢这一仗!你知道吗?自从我接旨那一刻起,我就有一种柳暗花明、豁然开朗的感觉,我有信心,这一趟我一定会大展身手,你应该对我也充满信心才是!"

她一个激动下,终于握紧了他的手,热烈地喊着说:

"请你一定要平安回来呀!因为已经不是我一个人在等你,你的孩子也在等你呀!如果不是为了肚子里这条小生命,我一定会学新月,跟你一起去巫山!现在我走不了,只能在这儿等你啊……""什么?"骥远大惊,"你有了孩子?你确定吗?怎么都不说呢?""我还来不及说,你就请了命,再去打仗了呀!想说,怕你牵挂;不说,又怕你不牵挂,真不知道怎样是好……"塞雅说着，一阵心酸，泪珠终于悬不稳了，成串地掉了出来。才一落泪，她就想起骥远说过，不喜欢看她掉眼泪，于是，她就急忙用手去擦眼睛，嘴里胡乱地说着："对不起，我又哭了……我就是这样孩子气，不成熟嘛……"

骥远心中一热，伸手就把塞雅拉进了怀里，用一双有力的胳臂，把她紧紧地箍着，激动地说：

"我喜欢你的笑，也喜欢你的泪，更喜欢你的孩子气，不要去改掉你的个性，忘掉我的胡言乱语吧！并且，你一定要帮我一个忙……""是什么？"她抬起头来，积极地问。

"帮我照顾你自己，和我的孩子！"

塞雅看着他，泪，还在眼眶里转着，唇边，却已漾开了笑。这天晚上，努达海带着新月，拜别了老夫人，探视了珞琳，也去看了塞雅，离别的时候，总有那么多的叮咛和嘱咐。人人都是百感交集，说不完的话。对于这些日子以来的恩怨，大家都有无尽的悔恨和惋惜。正像珞琳所说的：

"早知道这么快就要分离，为什么要浪费那么多时间去生气，去吵架呢？人，就是笨嘛！就是想不开嘛！新月，请原谅我对你说过的那些残忍的话，在我内心深处，不管你是什么身份，你始终是我最知己的朋友！"

"能听到你这样说，我太感动了！"新月诚心诚意地说，"我才该请你原谅，刚刚你说的这些话，是不是表示你已经原谅我了？""你要我原谅你什么？原谅你爱我的阿玛，爱得太多，爱得太深吗？"珞琳问，深深地看着新月和努达海。

于是，新月和努达海明白了，不用再对珞琳说什么了，她，终于了解了这份感情，也终于接纳了新月。对新月和努达海来说，这份了解和接纳，实在是难能可贵呀！

去过了老夫人房，去过了珞琳房，去过了塞雅房，他们最后去了雁姬房。雁姬正站在窗前，默默沉思。她穿着整齐，面容严肃而略带哀伤。可是，那种勇敢的个性，和高贵的气质又都回复到她身上来了。她的眼中有着宽容，眉宇间透着坚定。新月走向了她，深深地请了一个安。

"夫人……""你还是叫我雁姬吧！听起来顺耳多了！"

"雁姬，"新月顺从地说，"以前，我已经对你说了太多请你原谅的话，我现在不再重复了！因为，我早就明白了一件事，我对你造成的伤害，根本不是原谅两个字可以解决的。我现在来这儿，只是要对你说，我会尽我的全力，照顾他们父子两个。虽然打仗的事我并不能帮忙，但是，衣食冷暖，生活起居，我都会细心照料。你放心吧！"

雁姬的内心，思潮澎湃，对新月的恨，已被离愁所淹没。此时此刻，自身的爱恨情愁都不再重要，重要的是这父子二人的生命！"我不会放心，我也不可能放心的，"雁姬震颤地说，"我生命中最重要的两个男人，一起去出生入死，这种状况，没有人能放心。新月，你既然随军去了，我有一件事必须托付给你！""是！""他们父子二人，都是个性倔强，不肯认输的人。就像两只用犄角互斗的牛，现在要从家里的战场，搬到真正的战场上去了，我有一句话想对你说……"

"请说吧！""解铃还须系铃人！"新月对雁姬弯了弯腰，诚挚已极地说："我知道了！""雁姬，"努达海接了口，"你放心，不管骥远曾经对我做了些什么，不管我对他有多生气，他总是我的儿子呀！我会用我自己的生命去保护他！"

雁姬激灵灵地打了个冷战。

"努达海，"她认真地喊，"我希望骥远平安，我也希望你平安，请你为了家里的妇孺妻小，让你们两个，都毫发无伤地回来！""我会的！"努达海慎重地承诺。

新月看着他们两个，猜想他们之间，一定有很多话要说，她再请了个安："我先回望月小筑去了，克善、云娃他们还在等着我！"

努达海点点头，雁姬没有说话。新月退出房间的一瞬间，雁姬终于吐出了两个字："珍重！"新月蓦然回头，感到了这两个字的分量，它太重太重了！她眼里凝聚了泪，脸上却绽放出光彩，她鼻塞声重地答了两个字："谢谢！"新月退出了房间以后，雁姬和努达海静静相对了。好半响，两人就是这样你看着我，我看着你，谁都说不出话来。然后，还是努达海先开口："我一直想告诉你，你在我心里的地位，无人能够取代。发生了新月的事以后，再说这句话，好像非常虚伪，但，确实如此。""不管是不是如此，"雁姬微微地笑了，笑容里带着一丝凄凉，"我独占了你生命中最精华的二十年。这二十年，是新月怎么样也抢不走的！如果早能这样想，或者就不会发生那么多事情了！"努达海凝视着雁姬，在她这样的眼光和言语中，感觉出她的无奈和深情，就觉得自己的心痛楚了起来。雁姬深深地、深深地看着他，内心的感情终于战胜了最后的骄傲，她低低地说："请原谅我！请原谅我这些日子来的嚣张跋扈,乱七八糟……""珞琳有一句话说得很好……"

"她说什么?""原谅你什么?"他重重地说,"原谅你爱我太多太深吗?"

雁姬再也熬不住,热泪夺眶而出。努达海张开了手臂,她立刻就投入了他的怀里。他紧紧地抱着她,试图用自己双臂的力量,让她感受出来自己的歉疚、谅解和爱。雁姬哽咽地喊着说:"哦!努达海,请你千万不要让我有遗憾!不要让我的醒悟变得太迟!你要给我弥补的机会,知道吗?知道吗?以后,天长地久,我会努力去和新月做朋友,我明白了,有个女人和我一样地爱你,并不是世界末日!努达海,请千万千万不要让我们两个失去你!那,才是世界末日呀!"

"放心,"努达海感动至深地说,"我们还有的是时间,以后,天长地久,让我们一起来弥补,这些日子彼此的歉疚吧!"

这一夜,将军府中,没有人能成眠。离愁别绪,把每个人都捆得紧紧的。新月整个晚上,都在和克善、云娃、莽古泰依依话别。离别时的言语总是伤心的。前人早就有词句说:

"无穷无尽是离愁,天涯地角寻思遍!"

第二天一大早,天色才有一些蒙蒙亮,努达海、骥远和新月,带着阿山和几个贴身侍卫,就离开了将军府,到城外去和大军会合,起程去巫山了。新月走的时候,穿着一身蓝布的衣裤,用一块蓝色的帕子,裹着头发,脂粉不施。她的个子本就瘦小,此时看起来更加小了,像个才十三四岁的小厮。老夫人、雁姬、珞琳、塞雅、甘珠、乌苏嬷嬷、巴图总管、云娃、克善、莽古泰,以及家丁丫头们,都到大门口来送行。雁姬看着那瘦瘦小小的新月,不大敢相信,这个小小的人儿,曾是自己的头号大敌;更不相信,这个小女子,会两度赴巫山!努达海策马前行,骥远紧跟在侧,再后面是新月。他们走了一段,努达海回过头来,向门前的众人挥手。骥远、新月也回过头来挥手。"马到成功!"珞琳把手圈在嘴上,开始大叫,"早去早回啊!""马到成功!"众人也都大叫了起来,吼声震天。"要大获全胜啊!""随时捎信回来啊!"塞雅喊着,"要派人快马回来报告好消息啊!要保重保重啊……天冷的时候要记得加衣啊……"

"不要忘了咱们啊……"克善也加入了这场喊话,"把敌人打一个落花流水,片甲不留啊……"

努达海笑了笑,一拉马缰,掉转头,向前飞驰而去。骥远和新月也跟着去了。众人在门口,疯狂般地挥着手,喊着叫着,目送着努达海等一行人,越走越远,越走越远,终于,变成一团滚滚烟尘,消失在道路的尽头。

第十六章

　　风萧萧，马萧萧，山重重，水重重。

　　这次的巫山之役，是一场艰苦而漫长的战役。

　　在这次的战争中，努达海的父子兵，采取了持久战术，他们包围了巫山，长达四个月。他们断绝了敌军的粮食补给，消耗他们的战备和武器，准备随时和他们打一场遭遇战。这样逐步地把敌军逼进了巫山的一个侧峰——大洪岭的山头上。然后，他们就在山谷下扎营，厉兵秣马，枕戈待旦，准备着来日大战。在这个漫长的战争里，努达海的军队和十三家军一共交手了十七次。努达海非常辛苦，带兵遣将，运筹帷幄，几乎没有好好地睡过一夜。前人有诗说："将军金甲夜不脱，半夜军行戈相拨，风头如刀面如割！"正是努达海这支军队的写照。

　　骥远是初生之犊，像个拼命三郎似的，每次打仗，都豁出去打，完全不要命。这种不怕死的打法，打得居然也轰轰烈烈，有声有色。使努达海在心惊肉跳之余，不能不生出骄傲和喜悦的情绪。但是，随着战事越来越密集，骥远是越打越神勇。努达海每次派他出去，都要捏把冷汗，生怕他一去不回。因为不放心他，常常要尾随在他后面保护他。这样，好几次都在危急关头，把他救了回来。一次，他差一点被敌人掳走，幸好努达海及时赶到，杀退了敌兵，才解了他的围。但，过了没有几天，他又去死追一股溃败的军队，一直追进了九曲山的峡谷里。努达海上次就在这九曲山的峡谷中吃了大亏，得到消息，立刻带着人马，追进峡谷里去增援。果然，山谷中有伏兵，而且是十三家军里最精锐的部队，骥远中了埋伏，兵士伤亡惨重。当努达海赶来的时候，骥远正腹背受敌，战况岌岌可危。努达海虽带军杀了进去，逼退了十三家军，但父子二人，却双双挂彩。当新月看到父子二人，都受伤回到营地时，吓得魂都没有了。幸好骥远只是手臂上受了一些皮肉之伤，经过军医包扎之后，已无大碍。努达海就没有这么幸运，一支箭射进了他的肩膀里，军医硬是把肌肉切开，才把箭头挖了出来。新月一直在旁边帮军医的忙，一会儿递刀子、一会儿递毛巾、一会儿递绷带……忙得不得了。看到努达海咬紧牙关忍痛，看到鲜血从伤口冒出来，她的脸色有些苍白，但是，却始终勇敢地站在那儿，双手稳定地、及时地送上军医需要的物品。

　　终于，伤口包扎好了。大夫一退出帐篷，骥远就懊丧无比地冲到努达海面前，扑跪下去说：

　　"阿玛，都怪我好大喜功，不听从你的指示，这才中了敌军的埋伏！都是为了救我，你才受伤的！我死不足惜，万一连累你有个什么的话，我就死有余辜了！"

努达海一把就抓住了他的手，激动地喊了出来：

"什么叫你死不足惜？这是一句什么鬼话？为什么你死不足惜？咱们这一路打过来，你每次都在拼命，你到底想证明什么？你难道不知道，作为一个将领，运筹帷幄比身先士卒更加重要？你这样天天拼命，看得我胆战心惊，你以为，只要你拼了命，战斗至死，你才算对得起皇上朝廷，对得起家人吗？""对！"骥远喊，"我确实想证明一件事，证明我不是一个只会风花雪月的公子哥儿！我不怕死，只怕你以我为耻，如果我死得轰轰烈烈，你会以我为荣、以我为傲的！"

努达海震动到了极点。

"你怎么要怀疑你在我心中的地位啊！我从来没有以你为耻！""可是我做了那么多混账的事，甚至和你大打出手，说了那么多不像样的浑话，我想你早就恨死我这个儿子了！"

努达海一瞬不瞬地盯着骥远。

"不，正相反，"他说，"我一直以为，你恨死我这个老子了！"骥远痛苦地看着父亲，内心有许许多多的话，一时间汹涌澎湃，再也藏不住，冲口而出了：

"就算我恨过你，那也出自我的糊里糊涂，和年少轻狂！自从上了战场，我才知道你的分量！这几次仗打下来，你的勇敢冷静，策略计谋……实在让我发自内心地崇拜！我每崇拜你一分，就自惭形秽一分，每自惭形秽一分，就希望能好好表现一番！我不要你对我失望，我……我是那么强烈地要在你面前表现，这才会如此拼命啊！"

努达海看了骥远好一会儿，突然伸出手去，一把勾住了骥远的脖子，把他勾进了自己的怀里："听着！你从小就是我的骄傲、我的光荣，我重视你更胜于自己的生命！即使我跟你打架的时候，因为你打得那么漂亮，虽然让我有时不我予的伤怀，却有更深的、青出于蓝的喜悦！这些日子以来，我心里最大的痛苦，是以为我失去了你的重视和爱！如今我知道，你仍然是我的骥远，这对我太珍贵了！让我们父子，把所有的不愉快都一齐抛开吧！从今天起，让我们联手抗敌，真正父子一心吧！"

"是！"骥远强而有力地答了一个字。

站在一边的新月，眼睛是湿漉漉的，喉咙中是哽哽的。她吸了吸鼻子，竟忍不住微笑了起来。然后，她收拾起地上带血的脏衣服，拿到帐篷外的小溪边，去洗衣服了。

她洗衣服的时候，嘴里还情不自禁地哼着歌。哼着哼着，她身后传来一声呼唤："新月！"她回过头去，看到骥远站在那儿。

"你阿玛呢？"她问。"睡着了！""唔，"她微笑着，"他一定会做一个好梦。他虽然受了一点伤，但是，你给了他最有效的药！"

骥远在她身边坐了下来。

"我有些话想和你谈一谈。"

"你说，我听着呢！""自从离开了家里那个局限的小天地，这段日子，我的视野宽了，磨炼多了，体验也深了，过去种种，竟然变得好渺小，好遥远。现在再回忆我前一阵子的无理取闹，实在觉得非常汗颜。直到今天，我才能平心静气地对你说一句，难怪你选择了阿玛！"新月静静地听着，唇边，一直带着笑意。等骥远说完，她才抬起头来，深深地看着骥远，摇摇头说：

"你错了！其实我从来就没有选择过！当初，我第一次见到你阿玛的时候，我正被强盗掳走，你阿玛从天而降，飞扑过来，像一个天神一样，把我从敌人手中夺了下来。我眼中的他，是闪闪发光的，是巨大无比的，是威武不凡的，也是唯一仅有的！他一把攫住的，不只是我的人，还包括了我的心！从那一天起，我的眼中，就没有容纳过别的男人。你的阿玛，他就是我今生的主宰，我的命运，我的信仰，我的神。我对他，就是这样一见倾心的，完全一厢情愿的！所以，我根本没有选择，我早就以心相许，放弃选择的权利了！"骥远呆呆地看着她，好半天，才透过一口气来。

"哦，你早就应该告诉我这些话，免得我在那儿做我的春秋大梦！"他顿了顿，又说，"不过，你如果早说，我可能更生气，会暴跳如雷吧！假若没有经过这一次的战争，我大概永远都醒不过来。我现在总算明白了，我一直是个作茧自缚的傻瓜，自己吐的丝，把自己缠得个乱七八糟，还在那儿怪这个怪那个的，怪个没了没休！真是又可怜又可笑！说穿了，你从来就没给过我机会，从头到尾，你眼里就只有阿玛一个人……我啊，真是庸人自扰，人在福中不知福！"他不胜感慨。

"你知道吗？"新月感动地看着他，由衷地说，"你真的是脱胎换骨了,此时此刻,我真希望家里的人都在场!""我也希望,尤其是……塞雅!"

新月一震。"唉……"他拉长声音,叹了口气,"不瞒你说,我现在还真有些怀念塞雅,怀念她那傻乎乎的笑,和她那毫无心机的天真。"新月眼睛发亮地看着他,太激动,太高兴了。

"我就知道的!"她欢呼似的说,"你一定会想明白的,你们以后,会有好多好多平安幸福的日子……我就知道的!因为我捡起了塞雅的苹果!"

骥远注视着欣喜若狂的新月,不禁开始想家了。夜色已在不知不觉中降临了,几丛营火,在山野中明明灭灭。家,好遥远啊,但是,等他们凯旋时,应该什么都和以前不一样了,那个新的家庭里,再也不会有战争有仇恨了。即使是雁姬,说不定也能接受新月了。如果她还不能,他一定要告诉她,爱一个人好容易,陪一个人出生入死实在不简单!天下的英雄好汉,没有人能逃得开新月这样的爱!努达海不是神,就算他是神,他也逃不掉!

经过了这一次的坦诚交心,努达海、骥远和新月是真正的水乳交融了。再也没有猜忌,再也没有怨恨,再也没有愤怒和钩心斗角,这种滋味实在太美妙了。父子二人,到了此时,是完完全全的一条心了。骥远对努达海心悦诚服,又敬又爱,也不再做"拼命三郎"了。

然后,那决定性的一仗来临了。

这一仗,打得是天昏地暗,日月无光。双方都伤亡惨重,血流成河。但是,努达海的部队终于打赢了!胜利了!

但是，这场胜利，努达海却付出了最大的代价！

胜利了！胜利了！胜利了！当骥远把那一面绣着"靖寇"字样的镶白旗，插上大洪岭的山头上，那种骄傲和狂欢，简直没有任何语言或文字可以表达。但是，就在这胜利的欢腾中，突然之间，敌军冒出了最后的一支敢死队，扑向了插旗的骥远，几十支箭，从四面八方，射向了骥远。变生仓促，骥远还来不及应变，努达海已大吼一声，合身飞扑过来。他像一只白色的大鸟般，把骥远整个人都撞落于地，他张开的双手，像是一双白色的羽翼，把骥远牢牢地遮护在羽翼之下。顿时间，所有的箭，全都射在努达海身上，把他射成了一只大刺猬一样。努达海被抬回营地的时候，还维持着最后的一口气，没有见到新月，他不肯咽下这口气。躺在地上，他用左手握着骥远，右手握着新月，含笑看着他们两个，眼神十分平静地说："不要难过，死在战场，马革裹尸，我是死得其所！你们要好好地、勇敢地活下去，把胜利的荣耀带回去！骥远，告诉你额娘，我好抱歉，我答应过她要平平安安回去的，我无法遵守诺言了！"骥远已经伤心得什么话都说不出来了，整个人都失神了。他根本无法相信这是事实，也无法进入状况，一双眼睛，只是直直地、痴痴地看着努达海，动也不能动。

新月却勇敢地甩了甩头，把眼中的泪，硬给甩掉了。坚定地看着努达海，她用平稳的声音，有力地说："努达海！你听着！黄泉这条路，我不能让你单独去走！人生这条路，你也不能让我单独去闯！上一回我追来巫山，就为了与你同生共死，这一回我坚持随你出征，为的也是与你同生共死，上次在巫山，你本要死，是我要求你活了下来，这一段活着的日子，虽然风风雨雨，可到头来，你反败为胜，已经洗雪前耻，恩恩怨怨，也拨云见日，咱们真是没有白活这一场，是不是？"努达海动容地、深深地凝视着新月。

"现在，你我心中，都了无遗憾，雁姬托付我的事，我也不负使命。全天下最了解我的一个人就是你，请你告诉我，你死了，我怎样单独活下去？追随你而去，是我唯一的，也是最美好的一条路！你如果觉得你是死得其所，你让我也死得其所吧！"努达海知道说什么都没有用了，何况，他也没力气去多说了。他的唇边涌现了笑意，眼光和新月的眼光交缠着。

"新月，"他低唤着，"你让我没有虚度此生！"

"你也是！"新月痴痴地说。

努达海的双手一松，溘然长逝。

骥远猛地一惊，扑上去大喊：

"阿玛！阿玛！你回来！回来！阿玛……"

新月轻轻地放下了努达海的手，弯下身子，很细心，很轻柔地抚摸着努达海的眼皮，让他合上了双目。然后，她慎重地取下了挂在脖子上的新月项链，转身对骥远说：

"骥远，这条项链上的心意与爱，我受之有愧！能不能请你帮我，再转赠给塞雅，我一直觉得，这条项链是属于她的东西，你曾经拒绝过我一次，希望这次，你不会再拒绝了！"

说着，她就抓起了骥远的手，把那条项链塞进了他的手里。骥远呆呆地看着手里的项链，整个人陷在剧烈的悲痛中，已经神思恍惚了。一时间，他握着项链，呆怔在那儿，不知道心之所在，身之所在。就在骥远失魂落魄的当儿，新月已拔出了一直随身携带的匕首，双手握住匕首的柄，用尽全身的力气，重重地对心口刺了下去。她倒在努达海的身上，头贴着他的前胸。她的血和着他的血，染红了他那件白色的甲胄。上天没有让她痛苦太久，她很快地，就追随他而去了。

骥远蓦然醒觉，震撼与悲痛，都达于极点，他目瞪口呆地跪在那儿，接着，就双手握拳，仰头狂喊：

"阿玛……新月……"

他的呼声，穿透了云霄，直入苍天深处。山谷中震荡着回音，似乎天摇地动。但是，无论怎样强烈的呼唤，都再也唤不回新月和努达海了。他们平静地偎依着，两人的唇边，都带着微笑，把人世的纷纷扰扰，是是非非，恩恩怨怨……一齐都抛开了。一个月以后，骥远带着大军，扶着努达海和新月的灵柩，回到了北京。老夫人、雁姬、珞琳、克善、云娃、莽古泰，以及挺着大肚子的塞雅，都是全身缟素，迎接于北京城外。那时已经是冬天了，雪花纷飞，大地苍茫。两路悲凄的队伍会合在一片白茫茫中。骥远抬起满是风霜的面孔，对家人们说了两句话："我从来没有经历过如此壮烈的战争，我也从来没有看见过这么美丽的死亡！"

——全书完——

一九九四年六月二十二日完稿于台北可园
　　本书故事纯属虚构，与正史无涉

（京权）图字：01-2024-1704

图书在版编目（CIP）数据

新月格格 / 琼瑶著. -- 北京：作家出版社，2024.10
（琼瑶作品大合集）
ISBN 978-7-5212-2830-4

Ⅰ.①新… Ⅱ.①琼… Ⅲ.①长篇小说 - 中国 - 当代 Ⅳ.①I247.5

中国国家版本馆 CIP 数据核字（2024）第 089081 号

版权所有 © 琼瑶

本书版权经由可人娱乐国际有限公司授权作家出版社出版简体中文版

非经书面同意，不得以任何形式任意重制、转载。

新月格格

作　　者：琼　瑶
责任编辑：赵文文
装帧设计：棱角视觉　纸方程·于文妍
出版发行：作家出版社有限公司
社　　址：北京农展馆南里 10 号　　邮　编：100125
电话传真：86 - 10 - 65067186（发行中心）
　　　　　86 - 10 - 65004079（总编室）
E - mail: zuojia@zuojia.net.cn
http: // www.zuojiachubanshe.com
印　　刷：河北京平诚乾印刷有限公司
成品尺寸：142 × 210
字　　数：111 千
印　　张：5.625
版　　次：2024 年 10 月第 1 版
印　　次：2024 年 10 月第 1 次印刷
ISBN 978 - 7 - 5212 - 2830 - 4
定　　价：28.00 元

作家版图书，版权所有，侵权必究。
作家版图书，印装错误可随时退换。

品琼瑶经典
忆匆匆那年

琼瑶作品大合集

1963	《窗外》	1981	《燃烧吧！火鸟》
1964	《幸运草》	1982	《昨夜之灯》
1964	《六个梦》	1982	《匆匆，太匆匆》
1964	《烟雨蒙蒙》	1984	《失火的天堂》
1964	《菟丝花》	1985	《冰儿》
1964	《几度夕阳红》	1989	《我的故事》
1965	《潮声》	1990	《雪珂》
1965	《船》	1991	《望夫崖》
1966	《紫贝壳》	1992	《青青河边草》
1966	《寒烟翠》	1993	《梅花烙》
1967	《月满西楼》	1993	《鬼丈夫》
1967	《翦翦风》	1993	《水云间》
1969	《彩云飞》	1994	《新月格格》
1969	《庭院深深》	1994	《烟锁重楼》
1970	《星河》	1997	《还珠格格第一部1阴错阳差》
1971	《水灵》	1997	《还珠格格第一部2水深火热》
1971	《白狐》	1997	《还珠格格第一部3真相大白》
1972	《海鸥飞处》	1997	《苍天有泪1无语问苍天》
1973	《心有千千结》	1997	《苍天有泪2爱恨千千万》
1974	《一帘幽梦》	1997	《苍天有泪3人间有天堂》
1974	《浪花》	1999	《还珠格格第二部1风云再起》
1974	《碧云天》	1999	《还珠格格第二部2生死相许》
1975	《女朋友》	1999	《还珠格格第二部3悲喜重重》
1975	《在水一方》	1999	《还珠格格第二部4浪迹天涯》
1976	《秋歌》	1999	《还珠格格第二部5红尘作伴》
1976	《人在天涯》	2003	《还珠格格第三部天上人间1》
1976	《我是一片云》	2003	《还珠格格第三部天上人间2》
1977	《月朦胧鸟朦胧》	2003	《还珠格格第三部天上人间3》
1977	《雁儿在林梢》	2017	《雪花飘落之前——我生命中最后的一课》
1978	《一颗红豆》	2019	《握三下，我爱你——翩然起舞的岁月》
1979	《彩霞满天》	2020	《梅花英雄梦之乱世痴情》
1979	《金盏花》	2020	《梅花英雄梦之英雄有泪》
1980	《梦的衣裳》	2020	《梅花英雄梦之可歌可泣》
1980	《聚散两依依》	2020	《梅花英雄梦之飞雪之盟》
1981	《却上心头》	2020	《梅花英雄梦之生死传奇》
1981	《问斜阳》		